光文社文庫

文庫オリジナル

# 部長と池袋

姫野カオルコ



光　文　社

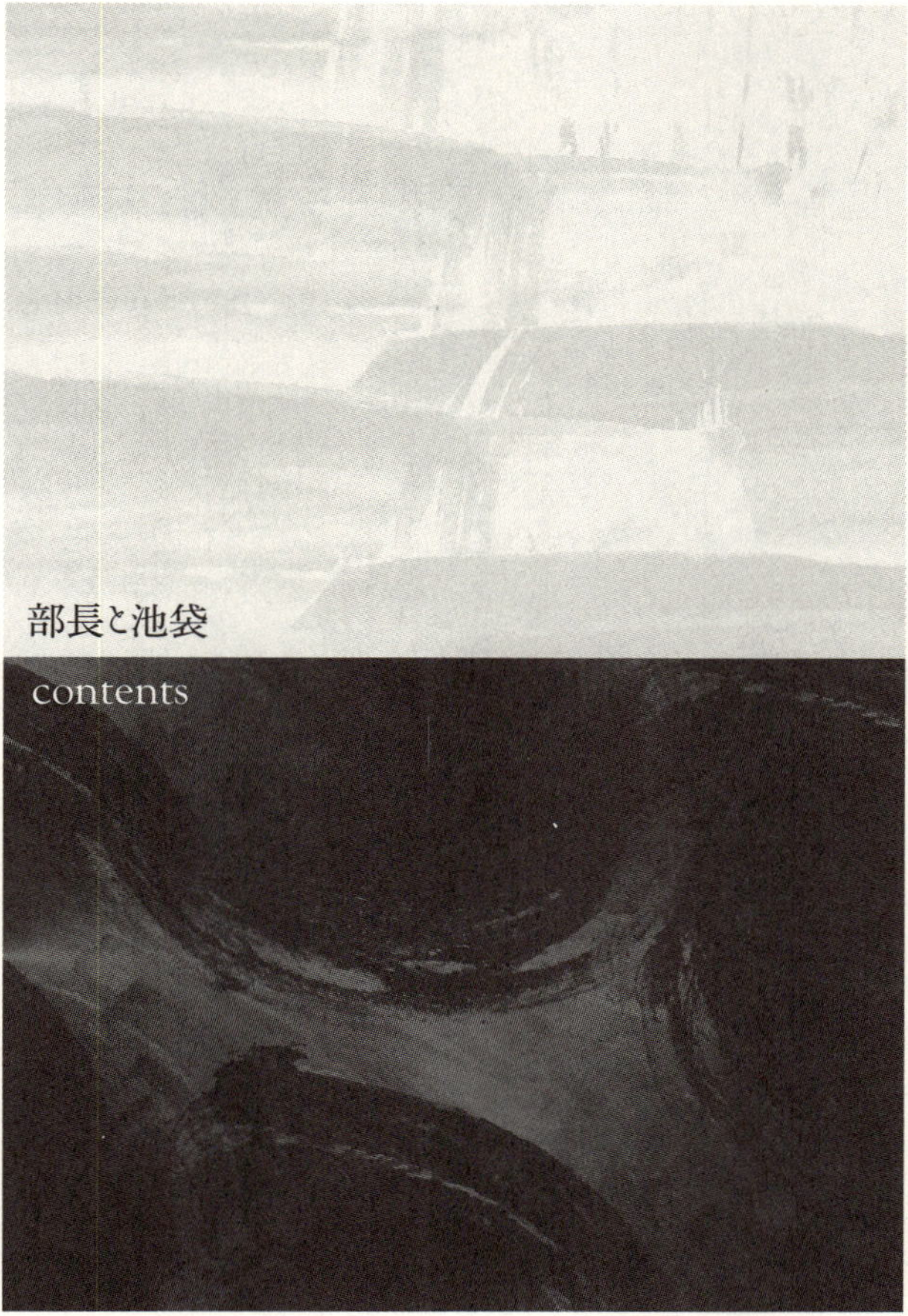

# 部長と池袋

contents

PART I

# 部長と池袋

contents

PART Ⅱ

# 巨乳と男

contents

# PART I 部長と池袋

# 部長と池袋

佐藤《さとう》部長が、わたしはちょっと好きだ。

フルネームは佐藤広之《ひろゆき》。

「佐藤」はもう一人、佐藤卓爾という他部署の部長もいるので、いつもだいたい広之部長と呼ばれている。

広之部長が、わたしはちょっと好きなのだ。

白いシャツしか着ない。特徴のない黒い靴ばかりはいている。スーツは青山とかコナカとか、そんなところに吊るしてあったのを着回している……んだと思う。

口癖は「なんかこう」。例、「なんかこう、もっといい方法ない？」。「この書類は、なんかこう、見づらいよ」。

四十七歳。A型。蟹座。結婚して十九年。子供ナシ。だから白いシャツを毎日着ていられるんだな。子供がいれば奥さんは子供に手がかかって、白いシャツなんて手のかかるものは避けるもん。

飲むと説教をする。けむたがる子も多い。わたしも説教されるのはきらいだ。でも、広之部長の説教はきらいじゃない。はじまって三分もすると、ひとりごとになっていってオカシイ。説教というより、ひとりで鼻唄うたってるかんじ。広之部長の説教は、悪い酔い方ではなく、良い酔い方になってるかどうかのバロメーターだ。

今日はサンシャイン60の中に入っているオイスター・バーにみんなを連れていってくれたんだが、そのときも、

「なんでもメールですませるのはよくない。たまにははがきを書きなさい。はがきがいやなら手書きでFAXを送るように」

と、はじまった。お店の人にメモ用紙をもらって、

「ちょっと練習してみなさい」

と言う。

樋口《ひぐち》さんは部長のとなりだったものだから、『拝啓。ますますご清祥のこととお慶び申し上げます』と書かされた。

「あたしは字がへただから……」

樋口さんはいやがったのに書かされた。書いてからも、「やだ、ほんとにへた」

とまるめて捨てようとしたのを、サッととって、みんなに見せた。

「キャーッ」

樋口さんは赤くなった。

「すばらしいじゃないか。樋口さんの字はすばらしい」

部長は舞台出演中の新劇俳優のような厚みのある声量で褒める。

「いいか、肉筆の手紙やはがきは、機械の字じゃないのがいいんだ。字のうまいへたは関係ないんだよ。へたでもいいんだ。今見せたから、みんなもわかったと思いますが、樋口さんがへただってことじゃない。樋口さんの字はすばらしい。かわいらしくてすばらしい字だ。いいか、ぬくもりがつたわるのがだいじなことなんです」

とかなんとか。

こんな、だれでも一回はどっかで聞いたようなことを説教してから、

「牡蠣《かき》はうまいがあたることもあるから注意して食べないといけない」

とつづいて、あとはシュウゥと声が小さくなる。説教のあとのおなじみパターーン。小さくなるから、みんな、ほかの話をはじめる。そうなってはじめて部長はほっとした顔になる。ほっとした顔で、

「中学三年の修学旅行におれは行けなかったんだ。牡蠣にあたって……。はじめて行く東京だったのに。すごくたのしみにしてたのに」

ひとりごとみたいに言った。

広之部長は和歌山県出身。身長は一七五……、うーん、一七四くらいかな。もしかしたら四もないかもしれない。痩せぎすっていうんじゃないけど、おなかが出てなくてすっきりしてるから、見た目は実寸より高いかんじがする。

「東京に行ったら池袋を見ようって決めてたのに」

そう言ったときの部長の声は、もうほんとに小さくて、ほとんど「ないしょごと」みたいだったから、だれも聞いてなかった。

わたしは聞いてた。たまたま樋口さんがトイレにたってもどってきて、席をつめたのでわたしが部長のとなりになったのだ。

(なんで池袋をそんなに見たかったんだろう?)

わたしは東京生まれだから、

(地方の人には池袋がおしゃれな街の代表として紹介されているのかな?)

とふと思ってみたり、

(部長が中三だったころには池袋ではなにか話題のイベントがあったのかな?)

とか、部長はわたしよりちょうど二十歳年上だから、前は、今はもうない何かが池袋でおこなわれていたのかと思ってみたりした。でも部長が池袋に行きたかった理由は、たんに、名前がへんだからだった。

「いけぶくろ、ってさ、名前がへんだよ。小学校のころから思ってた」

中学校の思い出につづき、こんどは小学校だ。池袋。なにかへん？

「いぶくろみたいでへんだ。胃袋。池袋。ドロドロしててへんじゃないか」

わたしのほうを見たが、わたしのレスポンスを期待するでもなく見ただけだ。

「池袋。な？　へんな名前だろ？　ふろしき売ってる街みたいじゃないか」

胃と風呂敷と……。あえて「へん」というなら、部長のほうがちょっとへん。

「おやじの知り合いにアシンインさんってすごい名字のおばあさんがいたんだよ。アシンイン・ランコっていうんだぞ」

「開発されたての新薬みたいな名前ですね」

「すごいだろ？　なんかこう、すごいだろ。名前に『ん』がふたつも入ってるんだぞ」

「どう書くんです？」

「こうだ」

安心院蘭子。樋口さんが「拝啓。ますますご清祥のこととお慶び申し上げます」と書いた紙のはしっこに、部長は書いてくれた。

「ほんとだ。すごい名前だ。安心院蘭子。へえ〜」

「いつも東京からおやじに年賀状をくれてた。ほんとは埼玉だったけど」

和歌山県田辺《たなべ》に住まう部長一家には、東京も埼玉の川越も一律、「東京のほう」と感じられたそうだ。

「もともと東京に家があった人なんだ。戦時中に和歌山に来てて、戦争が終わってからもしばらく住んでたんだよ」

まっしろな髪を柘植《つげ》の髪飾りでまとめた安心院のおばあさんだったという。

「うちの近所に住んでて、仕事場が忙しいときはいつも、せわしてもらってた」

部長の家は親族経営で干物を卸《おろ》す仕事をしていた。忙しい時期や時間になって、小さいこどものせわをする手がなくなると、安心院さんが来てくれた。

「家にいるときもよそいきみたいな着物を着てた」

昭和三十年代和歌山県田辺だから、和装の女性はよくいた。だが普段の着物は、布地がよれよれしていたり、モンペだったりした。水場の仕事をする女性は長靴をはいていた。安心院蘭子さんの着物は、なんかこうしゅっとしていたそうである。

「戦争が危なくなってこっちにまいりましたと言ってたから、そんなに衣装持ちで暮らしてたはずはないよな、今から考えると……」

「着つけのしかたがうまかったんじゃないですか」

「そうかもしれないな……。姿勢がすごくよかった。がきのおれがなにか気に入らないことがあって拗《す》ねていると抱っこしてくれる。大きなお寺の、しーんとした庭にいるような匂いがするんだよ。なんかこう、落ち着くかんじがする匂い」

きっと白檀《びゃくだん》系の薫香をたきしめていらしたのだろう。広之ぼうずは、鶴みたいに上品だと感心した。

「小学校にあがった年に東京にもどったから、それで年賀状のつきあいになっちゃったんだよ」

「へえ」

「その年賀状もさ、墨の字で、初春のお慶びを申し上げますとか、きれいに書いてある」

「へえ」

「その人がさ、久しぶりに和歌山に来たの。急に来たの」

部長が小学校二年のときである。たかだか二年ぶりのことなのだが、小学生にはものすごく久しぶりに感じた。

「子供の時計は、大人の時計の十倍くらいのスピードで回ってるんだ。だから一日が大人の十日くらいに長く感じる。きみとおれだってそうだ。きみの時計はおれの時計より、そうだなあ二倍くらい速いかな」

言われて、わたしはびっくりした。不意にびっくりした。

（そっか……）

部長のことを、それまで上司と思っていた。上司とわたしはちがうところで生きてきたと思っていた。でも時計のスピードのことを言われて、部長も自分も、同じように、生まれてから順番に進んで来ているのだなと、不意に感じたのだ。部長が先に進んでいるだけで、わたしもこの先、部長と同じ地点を通過するのだと。

「安心院蘭子さんは一人で和歌山にいらしたんですか？」

当然、今はもうこの世にいないであろう、しゅっとしたおばあさんのことまで、わたしとちゃんと関係のあった人のように感じられてきた。

「ううん、旦那さんと」

部長が部下に、子供と子供が子供同士でしゃべっているときのように「ううん」と言うのを、わたしははじめて聞いた。

「旦那さんと仲がよかったんだ。なにをしてる人だったのかなあ。もっと詳しく聞いとけばよかったなあ」

旦那さんは部長のお父さんと茶の間で話し込んでいた。蘭子さんは部長を見て、ハンカチを目に当てた。

「大きくなられて……」

子供の部長と蘭子さんの時計を比べれば、部長の時計は蘭子さんよりおそらく二十倍くらい速いスピードだったろう。彼女が部長や部長の弟のシッター役を引き受けてくれていたころ、彼らは学齢前だった。再会したとき、部長は小学二年生で、たった二年とはいえ四、五歳児と小学二年生は、六十代や七十代の二年とは比べ物にならぬほど変化が大きい。

『広之さんたちはまだお小さかったのに……』と蘭子さんはハンカチを目にあてた。悲しくて泣いているのかと、広之ぼうずは心配しかけた。だが、蘭子さんの頬《ほお》がぷっくりともりあがり、口角があがり、唇が開き、歯が見えたので、なんだ笑ってるのかと、安心したそうだ。

「自分の子でもないおれの背がのびたり体重が増えたりしたことを、涙ぐむほどよろこんでくれる人がいるってことが、ぶっちぎりの速度の時計で生きてる子供のときには、ぜんぜんわからなかったんだよ。想像できなかった」

部長は弟をおぶって蘭子さんのまわりを一周したあと、家の前の空き地で縄跳びをしてみせた。

「元気に大きくなったというところをさらによく示せる方法だと思ったんだろうな」

すると、蘭子さんは『わたくしは広之さんがよろこばれるようなものをなにも持ってまいりませんでした。東京に帰ったらなにか送りましょう。広之さんはなにがよろしくて?』と言った。

「おれ、『ペパーちゃん』と答えてしまった。ぼうっとしてたんだ。安心院蘭子さんは、なんかこう伯爵夫人みたいに『なにがよろしくて?』って東京のことばで言うんだ。だから思いついた物をうっかりすぐ口にしてしまったんだ」

うんうん。そんな反応はわたしにもよくわかる。でも、部長、ペパーちゃんて何?

「ペパーちゃんは、和歌山のおもちゃ屋には売ってなかったんだ」

そうか。当時は地方と大都市ではおもちゃの流通にも差があったんだ。

「きみの年齢じゃわかんないだろうな」

はい、わかりません。

「流通の差のことじゃなくて、あの、部長、ペパーちゃんて何なんですか？」

「知らないだろう？」

ちょっとにやりとしてから、部長はつづけた。

「タミーちゃんの妹だ」

まさしく鼻高々という顔でおしえてくれた。リカちゃんが発売される前に人気のあった着せ替え人形がタミーちゃんで、ペパーちゃんまで持っている子はごくまれだったのだそうだ。

「え、でも……」

ミニ着せ替え人形史はわかりましたが、でも、それは、

「ふつう女の子向きアイテムなのでは？」

「まさに。だから、思いついた物をすぐ口にしてしまった、と言ったじゃないか」

あ、さては女子がらみ。

「となりの席の田口ゆりちゃんにあげたらぜったいよろこんでくれると思ったんだ」

「やっぱり」

「やっぱり？　なんでさ？　きみ、田口ゆりちゃんを知ってるの？」

「タグチユリさんのことは知りませんよ。だれか好きな女子にプレゼントしたかったんだろうなと察しがついたんで」

「そうか、そうだな……。知ってるわけないな」

部長は赤い顔をしている。お酒がまわったせいか？　それとも、もしかしてこの清純な告白のせいか？

「蘭子さんは、送ってきてくださいましたか？　ペパーちゃんとかいう人形」

「いや、送ってくれなかった」

蘭子さんからはメタライザー・ペンダントが届いた。

「パピイペンダントだった」

『遊星少年パピイ』という、当時人気のアニメーションの主人公が使うペンダントを模倣した、いわゆるキャラクターグッズの一種だったことを、部長は説明してくれた。

「届く前に、おやじの名前と連名でおれにはがきが来たんだ。『広之さんへのお品を、池袋の東武デパートで買いましたので送ります』って書いてあって、おれは小《こ》躍《おど》りして待ってた。

タグチユリちゃんにも、おれには東京に住んでいる知り合いがいるんだぞと自慢したのに、届いたのはパピイペンダントだった」

なぜか。少年探偵よろしく部長は推理を聞かせてくれた——。

蘭子さんは、昭和四〇年代のある日、池袋の東武デパートに行ったのだろう。そしてペパーちゃんはどこにありますかと店員さんに訊いた。見た。着せ替え人形だった。

『あらら、これはきっとわたくしが広之さんのおっしゃったことを聞き違えたのに相違ございませんわね。これは女の子向きのお人形でございますもの』

と思い、店員さんにさらに訊いた。

『ペパーなんとかいう名前の、男の子向きのおもちゃはございませんでしょうか』

と。店員は、

『男の子向きのペパー……、ペパー、パ、パ……、ああ、パピイにちがいない。遊星少年パピイだ』

と思った。店員にはちょうど当時の部長と同い年の男の子供がいて、そいつがよくデパート勤務の親にねだっていたのだ。

『パピイちゃんとお聞き間違いになられたのでしょう』

蘭子さんを当時の人気アニメ関連のグッズ売り場に連れていき、

『これなどいかがでしょうか』

とパピイペンダントを勧めた。

蘭子さんは勧められたとおりにそれを買って、部長に送ってくれたのだろう。

——以上。

「うれしかったなあ。東京の東武デパートから送られてきたパピイペンダントなんだぜ。おれ、自分がもらうならそれがほしかったからさ。東京の東武デパートで買ってもらったんだ、ってみんなに言いふらしたよ」

「東京のデパート」「東京の東武デパート」だと言った。ぜったい池袋の東武デパートだとは言わなかった。池袋をひた隠しにした。

「だってさ、名前がへんじゃないか。池袋なんて……」

【いけぶくろ】。よほどその音感は、部長の琴線《きんせん》に触れまくったらしい。わたしにはよくわからないけど。

いけぶくろ……。そうかな。そう言われたらちょっとのちょっとだけ、へんかもしれないけど、和歌山県の田辺の同級生にひた隠しにするほどへんだろうか。

＊＊＊

「お二人さんはなにをそんなに話し込んでるの？」

樋口さんと間宮《まみや》くんが、わたしたちに訊《き》いてきた。

樋口さんが部長の隣から、間宮くんがわたしの隣から。

「池袋っていう地名がへんだって言う話を部長から聞いていたのよ」

「えー、そーかなー」

「えー、そーかなー」

樋口さんと間宮くんでデュエット。

「ねー、そーかなー」

わたしも混じってトリオ。

「えー、へんだよー」

部長はソロ。

「へんな部長～」

「そ、そうか？」

なぜか照れている。へんと言われて、意外にうれしかったのか。

「間宮くん知ってる？　部長の奥さま、学習院《がくしゅういん》卒なんだよ、お嬢様なんだよ」

樋口さんが言った。

「学習院女短大だよ」

部長が補正した。

蘭子さんに縄跳びしてみせた小二の広之ぼうずは、そのあともっと元気に大きくなって東京の大学に合格した。大学は国立《くにたち》にあった。

「じゃ、大学生のとき部長がへ、へ、へんな所に出るとしたら中央線で……」

四人のあいだで池袋はすっかり「へんな所」になっている。

「うん、山手線乗り換えだな」

大学生の広之部長がへんな所に出るには、中央線で新宿《しんじゅく》まで出て、山手線に乗り換えて四つ行かないとならない。

「でも、たいていひとつ手前の目白《めじろ》で降りてしまった。今のカミさんとデートしてたからな」

えっへん、というかんじの告白なのは、さっきのタグチユリちゃんへの初恋の告白よりさらに照れていることを隠すためなんだろう。

「ムネが大きいんだけど、チョーまじめでさあ」

あ、部長、それ、論理的にへん。池袋がへんよりへん。胸の大きさとまじめさは無関係だもん。

「あいつは『東アジア問題研究サークル』なんていうお固いサークルに入っててさあ。それ、大学のほうのサークルなんだよね。カレがそこにいたんだよ」

大学のほうとは、学習院大学のことか。はじめ部長と妻さまが知り合ったころ、ツマはカレ持ちだったんだ。へー。

「田口ゆりちゃんに似てたんで、おっ、と思ったんだ」

部長は自分で言ったのに、真っ赤になる。たぶん、ほんとはそんなに似てなかったんだとわたしは思う。でも、似てる、と思ってしまうんだろう、小学生の恋というものは。幼稚園や小学生のころの、原体験的ああゆう気持ちは一生つづく。その気持ちは中学生のときに花が咲く。その花にはなんの実もつかなくても、死ぬまで枯れない押し花となる。

「でも、そん時はおれにもカノジョがいたから、いいお友だちとして『東アジア問題研究サークル』で会ってたんだよ」

うむうむ。よくあるパターンだな。

「そんなだから、大学を卒業してからは、交流がとだえてしまった」

ずっととだえていた。とだえてるあいだに部長はカノジョと別れ、次のカノジョと交際した。

うむうむ。次のカノジョの、そのまた次のカノジョが、現在のツマになるんだな。これもよくあるパターンだ。うむうむ。

心の中でこんなふうな、『三国志《さんごくし》』のサークルに入っている女子みたいなしゃべり方を、しているのは、きっとわたしは、ぽつりと沸いた小さな小さながっかりを見たくないからなんだろう。

部長には愛妻がすでにいるという小さな小さながっかり。前から知ってた事実に小さく小さくがっかりする。

がっかりしたって、しかたがないことだから、それをわたしは見たくないんだ、きっと。見てしまったら、だって、だってまるで、そのことにがっかりするような関係みたいだ。

好きだけど、そのことにがっかりするような関係では、ぜんぜんない。ちっともちっともない。それはほんとで、ほんとだから、ほんとじゃないように自分で自分を疑ってしまうのがいやだ。

「さいしょの人とは学生だったし卒業すると、なんとなく別れて、次の人とはいろいろあって別れて、ちょうどフリーのときに、学短の人と再会してつきあうことになった。それが今の奥さんなんですね？」

「え？　なんでわかった？」

「わかりますよ」

そんなものだから。

高校生や大学生や、大学を出てちょっとくらいのころの恋愛なんていうのは、全員が全員とはもちろん言わないけれど、おうおうにして、ポピュラーミュージックだ。そのとき凝ってるポップス。そのときダウンロードしていつも聴く曲。

そのときは熱くて、ニクタイカンケイという実もなる。でもそのときじゃなくなったら別の曲を聴く。化粧水じゃない。

結婚は化粧水なんだろうとわたしは思う。毎朝毎晩顔を洗ったそのあとにはたく化粧水。化粧水は値段が高いものがいいとか、有名な女優さんがＣＭしてるからいいとかとはかぎらない。その人の肌に合ったものがいい。その人の肌に合ったものがどれかわかったら、ずっとその化粧水を使う。

「文芸坐で偶然、出会ったんだ」

目白ではなく池袋の文芸坐。まだ古い建物だったころの映画館。

そこで、部長は自分に合う化粧水と偶然再会した。結婚して十九年ということは……、あっ、部長が結婚したのは来年のわたしの年齢。

「広之部長はなにを御覧になったんですか？　ハリウッドもの？」

間宮くんが訊く。

「それはないよ。文芸坐だよ。文芸坐って古い名作をかける映画館だったんだよ」

樋口さんが間宮くんに教える。樋口さん、でも、そんなふうに言うと、ハリウッド映画には古い映画も名作もひとつもないみたいじゃないか。

「チャップリンのモノクロ映画とかですか？」

間宮くん、それ、ハリウッド映画だってば。

「そんなに古いものじゃないさ」

部長も聞き流してるし。

「ちょうどおれとカミさんが中学生のときに話題になってたやつ」

うむうむ。原体験的あああゆうあんな気持ちが花を咲かせていたころの映画だったわけだ。

「なに、なに？　なんていう映画ですか？」

わたしは訊く。わたしの目はひとまわり大きくなってることだろう。

「『栗色のマッドレー』と『パリは霧にぬれて』の二本立て。次回上映の『哀しみの終わるとき』のポスターが貼ってあった」

「すごーい」

いちおう言った。でも三本とも、題名すら聞いたこともない映画。

ミレーユ・ダルクという人と、フェイ・ダナウェイという人の話を、部長はしてくれたけど、はじめて聞く名前でぴんと来なかった。わたしやほかのみんなもわかったのは次回上映の映画に出たカトリーヌ・ドヌーヴだけだった。それより、

「おれが中学生のころはさ、洋画っていうと、今みたいに原題をそのままカタカナにしただけじゃなくて、日本公開にかぎった題名をつけてたんだ」

っていうのが興味深かった。

「日本語の題だったからおぼえやすかった。なんかこう、イメージわくじゃないか。この三本のラインナップ見たときも、そんなかんじでさ、ぶらっと文芸坐に入ったんだ」

そうして、彼は化粧水の女性と再会したのである。そうして交際がはじまって、そうしてはじめて一夜をともにすることになる日の夕食で、

「なごませよう、笑わせようと思って、おれは池袋ギャグを言った」

「池袋ギャグ？」

「池袋ギャグ？」

「池袋ギャグ？」

樋口さん、間宮くん、わたしは、ほぼ三人同時に顔を部長に向けた。

なんだろう、池袋ギャグって？

「ふしぎなふしぎな池袋、東は西武で西東武！」

鼻高々で部長は池袋ギャグを披露。披露して自ら大笑い。ちっともおかしくない。

おかしい？

でも未来の奥さまは『おぼえてる、おぼえてる』と、オープンしたばかりのホテルメトロポリタンのレストランで大ウケしてくれたんだそうな。

「それ、ピアノハミダシに載ってたんだ」

若き日の部長と奥さまがたのしそうにデートしている光景は思い浮かべられるけど、部長、部長、「ピアノハミダシ」って何でしょうか。

「何ですか？」

「雑誌『ぴあ』の『はみだし』って欄外のコーナー。読者投稿の川柳《せんりゅう》やひとことコメントが載ってたんだよ」

　今のようにインターネットでブログを公開したりできる時代ではなかった、素人は素人、プロはプロ。素人とプロの間には歴然たる鉄壁があった。だから、なにかひとことでも公の場で活字になるのが、当時の若者は、自分はあくまでも素人だとわきまえたうえでうれしかったし、それを読むほうも、素人として素人らしい投稿を無邪気にたのしんだものだと部長は説教した。

「なつかしいなあ、『ぴあ』の『はみだし』……」

　わたしはちっともなつかしくない。けれど、なんかこう、しみじみとしたよい気分になった。

「カミさんは花屋で働いてるんで指輪はしないっていうから、パピイペンダントをプレゼントしてプロポーズした」

「えー、そんなもん、よくまだ持ってらっしゃいましたね」

「えー、そんなもん、奥さん、よろこびましたか」

　樋口さんと間宮くんは、意図はちがうが、二人とも「そんなもん」と言った。けれど、私は「すてき」と思った。原体験的ああゆう気持ちの押し花を、部長は妻と決めた女性に贈ったのだ。

「だってさ、パピイペンダントはかたみになったからさ」

部長は安心院蘭子さんの最期をおしえてくれた。

池袋にサンシャイン60というのができたそうな、と夫婦で出かけた5月15日。その夜に蘭子さんは寝てるあいだに死んだ。旦那様は5月25日に死んだ。

「おれ思うんだ。安心院さんはずっとずっと仲がよかったんだよ。だからそんなふうに死ねたんだよ。そんな夫婦になりたい」

部長は、もうなまぬるくなってるだろう白葡萄《ぶどう》酒の残りを飲む。池袋の名前がヘンだと思う部長。

広之部長が、わたしはちょっと好きだ。

# 慕情と香港と代々木

なぜ、そんなに写真を撮るのだろう。写真を撮っている人に出くわすと、そう思うことがある。たまってゆく写真をどうするのだろう。

よく思う。

よく思うのは、写真を撮っている人によく出くわすからだ。

ほんのすこし前まで写真は、旅行だとか記念日だとか式典だとか、日常からすこし離れたときにしか撮らなかった。携帯電話にデジタルカメラが内蔵されるようになってから、人はひっきりなしに写真を撮るようになった。

私は写真をほとんど撮らない。撮ることや撮られることを忌《い》んでいるわけではないのだが、写真を撮ることを、たいてい忘れている。

写真を撮ったことも、最近はよく忘れる。むかし撮った写真を見ないからだ。積極的に見ないようにしている。避けている。むかし撮った写真を見ると苦しくなるのだ。

過ぎた時間の中にあるよろこび。写真にはそれがある。それを見るのが人はうれしいのだろうか？　私は苦しい。

あの苦しさこそを慕情だと、写真をひっきりなしに撮る人は呼ぶのだろうか。ジェニファー・ジョーンズとウィリアム・ホールデンが互いを見つめ合う香港《ホンコン》の丘や、愛を告白しあう香港の岬を撮ったスチール写真を見るように。

『Love is a many splendored things』。

あの有名なハリウッド映画の原題が記されている。オルゴールの裏に貼られたラベルに。

日本で作られたオルゴールなら『慕情』と邦題を記したろう。

オルゴールはプラスチックの収納箱に入れたまま、長いあいだ天袋に入れっぱなしだった。天袋からスーツケースを取り出したのだ。そのとき、奥の収納箱も取り出した。

私はスーツケースに腰をおろし、オルゴールの螺《ねじ》をまわしてみた。むかし流行《はや》ったルービックキューブくらいの立方体のオルゴールである。

Love is a many splendored things.

針金を弾《はじ》いて流れてくる旋律に、頭の中で歌詞をつける。

オルゴールはビリーがくれた。

私がはじめて香港に行ったとき、彼女は銅鑼湾《コーズウェイベイ》の工場で働いていた。マスコットの恐竜やバレリーナや、それにオルゴールといった小さな雑貨類を作る工場なのだと、広東語《かんとんご》と英語でしゃべりながら、メモ用紙に「小型」とか「dinosaur」とか「玩具」などと書いてくれた。

It's the April rose
that only grows——

オルゴールの旋律は、ジェニファー・ジョーンズのチャイナ服姿よりも、小さな丸い鼻がまんなかについた、ビリーの小さな丸い顔を思い出させる。

Love is nature's way of giving……

英語の歌詞を今でもよくおぼえているのは、20代はじめの若いころにおぼえたからだ。香港ではなく、日本でおぼえた。ロンビーが教えてくれた。自分で歌っては書き、書いては歌って。

チラシ広告の裏に、順に鉛筆で綴《つづ》られていった英語。小文字のgに特徴のあるロンビーの筆蹟。

私はオルゴールを床に置き、それといっしょに収納箱に入っていたアルバムを取り出した。

デジタルカメラがなかった時代、町の写真屋さんで現像を頼んだらサービスでくれた、ボール紙の表紙の、透明なプラスチックファイルに一葉ずつ写真を入れられるようになっている、アルバムというよりは即席ファイル。

『代々木《よよぎ》と香港』。油性マジックの筆蹟は私のものだ。

開いた。

さいしょはロンビーがひとりで写っている写真。

'80・1・30。

自動焦点カメラで撮った写真には橙《だいだい》色がかった赤色の日付が入っている。ルービックキューブが400万個余売れたころだ。

ロンビーは看板に肘をのせている。

看板には豚が描かれている。コックさんの帽子をかぶった豚。とんかつ屋の看板。

ダイダイモで撮った。

ロンビーは髪がくるくるして、メタルフレームの眼鏡をかけて、無地のポロシャツを着ている。「南《みなみ》こうせつに似ている」といつも言われていた。

彼がビリーと並んだ写真もある。'83・4・29。彼らが婚約する前の年だ。これもダイダイモで撮った。ぱっちりした瞳に入れたビリーのコンタクトレンズが、フラッシュに赤く光ってしまっている。

ロンビーとビリーと私が、三人で撮った写真もある。'85・6・3。これもダイダイモで、歩いていた代々木ゼミナールの学生に頼んでシャッターを押してもらった。

三葉の写真はアルバムの透明なポケットにきちんと入っている。

もう一葉ある。これはアルバムに入っていなかった。捨てかけて捨てず、やはり捨てようかと思った迷いが、ポケットには納めず、ただアルバムにはさんでおかせたのだろう。私ひとりが写っている。

私の髪はまっすぐで長い。これを撮ったころ流行ったヘアスタイルである。ぶあつい肩パッドの入った服。あのころ、洋服という洋服には、みなこんなパッドが縫いつけられていた。

写真はビリーが撮った。ロンビーは遅れてここに来て、シャッターを切ろうとしている彼女の横に立った。

'89・11・8。

80年代最後の年。

晩秋の香港。

撮られた瞬間をおぼえている。

カシャという音が聞こえる前、私は聞いた。ロンビーの声を。

だから私は笑っている。

(へんな顔)

笑ってはいるのだが、がんばって笑ったような顔をしている。へんな顔だと、現像されてきた時にも思ったし、21世紀になってしまった現在もそう思う。

しかし、自分がへんな顔をしていることで薄まる。写真というものを見るときに私がたいてい感じるあの苦しさが。

(やっぱりよかった)

やはり捨てなくてよかった。世紀が変わった今、思った。

私を撮るために膝を曲げてカメラを持ったビリー。丈の短いスカートから膝小僧がのぞいていた。ロンビーが私の名を呼んだ。ビリーのすぐ隣に立つ彼を私は見た。彼の歯。そして聞いた。彼のひとこと。

（これ、どこのホテルだったのだろう）

場所はたしかにホテルである。が、私が泊まったホテルではない。私は安い狭いホテルに泊まった。写真を撮ったホテルは豪華な大きなホテルだった。

帰国する日の朝だ。まだ早い時間だった。ビリーから私のホテルに電話があって、ここへ行った。ビリーは日本語がしゃべれない。ホテルの名前と、そこへの行き方を英語でおしえてくれた。そのときは彼女の言っていることがわかった。迷わずにそこに行けた。だが今、思い出そうとすると、ホテルの名前も最寄りの駅もわからない。

私は海を見る。

写真の中の海を。

ぼやけているが、大きな窓の向こうにあるのは海だろう。雄大に広がってはいない。ヴィクトリア・ハーバーではないだろうか。

（たしか当時、香港では新しいホテルだった）

なんとかジェント……。いや、なんとかアット……。いや、なんとかデリン……。わからない。はじめて香港に行ったときの記憶はあやふやに錯綜《さくそう》する。

思い出さないようにしてきたからである。アルバムのポケットにはさまなかったこの写真を撮ったときのこと、1989年に香港に行ったときのことは、今日までいっさい思い出さないようにしてきた。忘れたかった。

忘れよう。そう思って、うまく成功していたらしい。ホテルの名前も場所もまるで記憶にない。

「今度はほんとにカンコ《観光》で来て。いろんなきれいなところにアナイ《案内》するから」

ロンビーは言っていた。

「うん。今回は小寒かったから、春になってあたたかくなったら来直すよ」

私は答えた。

四カ月か五カ月したらもう一回来ようと、1989年の晩秋、私は思っていた。心から。しかし果たせなかった。

この週末に香港に行くことになっている。二度目の香港行きが、まさか20年後になるとは。

「予想」や「企て」や「目標」や「つもり」、それに「夢」「希望」。表現が異なれどこうしたものは、当初に描いたようにはならない。若いころに抱いたようにはならない。

人生という道はその人ひとりだけが歩いているのではなく、その人に大勢の人がかかわって、そうして在るものだから。

（ぜんぶ、みんな、どんどん変わる）

私は立ち上がり、D広告代理店に電話をかけた。

「ロンビーの写真はあったのですが、裏にメモが書いてあったりはしませんね。先日、メールでおつたえした住所と電話番号以外には、ほかの控えは見つけられませんでした」

D広告代理店からの依頼で、私は香港にまつわるエッセイを、航空会社の機内誌に書くことになっている。

「じゃあ、さすがにもう調べようがないですねえ」

担当者には懇意の香港人がいるとのことで、その人ならロンビーに連絡がとれるかもしれないというので、私は古い手帳に控えてあった住所と電話番号をつたえてもらっていた。だが連絡はつかなかった。そこで、ほかに手がかりになるものはないかと訊かれ、天袋に入れたままになっていた収納箱を取り出したのだった。

「そうですね、しかたありませんね」

私は電話を切った。20年ぶりにロンビーに再会できる「つもり」でいたが、さっき言ったとおりだ。人生というものは、だいたい「そうはいかない」ものなのだ。

「旧友に再会するのは日程からはずしてください」

私は電話を切り、旅支度にとりかかった。

＊＊＊

夜更け。

本棚の奥から辞書を取り出した。もう使わなくなった辞書。ＯＸＦＯＲＤの英英辞典。ロンビーがくれた。鉄紺《てっこん》色のクロス。表紙を開いた白紙のページに黒いインクで記されている。１９８２・11・11。

「敬贈理江為念　禮軒」

理江は私の名前で、禮軒はロンビーの中国名である。ライヒンと発音する。

私たちは香港で会ったのではなく、はじめは東京で会った。東京の代々木で。代々木ゼミナールの裏。木造のおんぼろアパート。そこの二階に私は住んでいた。細い道をはさんだ向かいにもうひとつ、似たような木造のおんぼろアパートがあった。そこの二階にロンビーは住んでいた。

互いが窓を開けると、互いの顔を真正面から見てしまうことが、よくあった。

そうして知り合った。

私たちは同じ年齢で同じ誕生日で同じ血液型だった。

それを知ったとき、私たちは二十歳《はたち》だった。若かったので、だから、私たちは、互いを異性と意識しなかった。窓を開ければ道ごしに互いのすがたを見て、銭湯に行こうと桶《おけ》を持って歩けば、互いの石鹸がカタカタと鳴るのを聞く。ロンビーは「コバンワ」とガイジンの発音で挨拶《あいさつ》をし、私は「こんばんわ」と返す。

若いとき、こうしたことは、まるで貴重ではない。若ければ、こうしたことは、あたりまえで、平凡で、とるにたらないできごとだ。こうしたことが、この先もいくらでもあると想《おも》っている。若いとき、こうしたことは予想、つもり、目標ｅｔｃ．だ。

私は若い大学生だった。

ロンビーは『びっくり』というとんかつ屋で働いていた。笑った豚がコックさんの帽子をかぶった絵の看板のあるとんかつ屋。

私たちはよく話した。道ばたで立って話した。代々木ゼミナールの入り口脇の合成レザーの安物ベンチにすわって話した。

テーマはおもに人類愛や世界平和や自由について。冗談ではない。本当にそんなことを話した。二人とも質素な生活をしていて、質素に暮らす若者の多くがそうであるように、大きな希望に満ちていた。

私が大学四年のときのある日、ロンビーは、香港に帰ることになった、と言い、OXFORDの辞書をくれたのである。

ふたりともすこしもかなしくなかった。若かったからだ。若かったので、香港と東京に住まいが離れたところで、すぐに会えると想っていた。そうとしか想えなかった。

「代々木って、広東語ではなんて発音するの?」

「ヨヨギは、ダイダイモッ」

「へえ。ダイダイモのビックリかあ」

代々木のとんかつ屋『びっくり』。ダイダイモのビックリ。若くなくなれば、それがどうしたということだが、若かった私たちは、それだけのことで、1分くらい笑っていた。映画『慕情』の主題歌の歌詞を、広告の裏にロンビーが書いて教えてくれたのは、この日である。

「香港でガイドしてたとき、いつも観光客から訊かれたからおぼえた」

ロンビーは言い、まず、一小節をうたってくれた。

「ああ、知ってる知ってる、それが『慕情』か。映画は見たことないけど」

ハリウッドの戦後黄金時代の名作だから、題名はもちろん知っていたが、見たことはなかった。主題歌も、喫茶店などでしじゅう耳にしたから知っていたが、その旋律と映画が結びついていなかった。

「有名なエガ《映画》です」

です・ます体と会話体の混交するロンビーのしゃべりかたは、彼の部屋の窓に吊るしてあった「チョーワフー《超和風》」な簾《すだれ》とともにありありと思い出すことができる。

「えーと、Love is……」

そしてワンフレーズずつ、歌っては書き、書いては歌い、ロンビーは『慕情』の歌詞を英語で書き、発音と意味を lecture してくれたのだった。

and taught it how to sing.

ロンビーがいつ成田を発ったのか、知らない。

香港に戻った彼と私はずっと手紙や電話のやりとりをしていたし、日本にもしょっちゅう来たからである。日本人夫妻が経営する小さな貿易会社に勤めていた彼は、たびたび「業務」として日本に来た。ガールフレンドのビリーを紹介されたのも、日本である。

こんなぐあいだったから、1989年まで、音信が絶えることはなかった。私が初めて香港に行き、啓徳《けいとく》空港にロンビーが迎えに来てくれたときも、久しぶりという感覚はなかった。まさか、1989年を最後に、彼との交流が途絶えるなどとは思いもせず。

80年代という時代は、とにかく声が大きいことが明るさの証明で、とにかく考えないことがポジティブの証明で、とにかく軽薄なことがおしゃれな証明とされた。その声高さと鼻息と笑顔により、80年代は永劫《えいごう》に続くような錯覚があった。私だけでなく、大勢の人も錯覚したのではないだろうか。「バブルがはじけた」という言い方は、錯覚からさめたひとことだったのではないか。

つくづく思う。「予想」や「企て」や「目標」や「つもり」、それに「夢」「希望」。こうしたものは、当初に描いたようにはならない。若いころに抱いたようにはならない。むかし、定期預金の利息がこんなに下がるなど、ソ連がなくなるなど、だれも予想したり企んだり夢見たりしなかった。ルービックキューブひとつとっても、永遠に売れ続けると想ったものだ。

私がはじめて香港に行ったのは、「バブル」ということばがまだ日本にはなかったころである。「バブル」ということばは、「バブルがはじけ」て、はじめて日本全域に波及した。

＊＊＊

1989年。

晩秋。

啓徳空港は薄暗かった。

もう取り替えないとならない蛍光灯ばかりがついているのか。そう想ったくらいのしょぼい空港である。憂鬱《ゆううつ》だ。

「リエ、元気ないね、どしたの？」

すぐにロンビーは気づいた。

《I came here to tidy up～ここには、きちんとするために来た》

英語で言った。日本語だと、抱えている不安が表に出そうだったからである。

《きちんとするため？》

ロンビーも英語になった。

《某さんとのことをきちんとしに来た》

いきなり人の名前を出して、私は英語をつづけた。

ロンビーは私に訊かなかった。それはだれかとは。私たちは、ふんだんに時間があったダイダイモで知り合っていたからである。

ロンビーと私は、ダイダイモの予備校のベンチで平和と愛と夢を語り、ダイダイモの駅前の不二家のペコの首をゆすりながらとんかつ屋の給料が安い、毛沢東は下腹が出ていると、しゃべっていたのだ。空気のように。無遠慮に見境なく時間を使って。「某さんてだれ?」などと訊かなくても、いきなり出た苗字《みようじ》が男性のものだと見当がつき、見当をつけられたと、こちらも見当がつく。

《泊まるとこ、決まってるの?》

ロンビーのイギリス式の英語。

《ううん。お金を借りるので手一杯だった》

私のヘタな英語。

当時はまだ一冊も本を出しておらず、印税の収入がなかった。雑誌に映画評を書いて暮らしていた。試写会にはまず招かれない。自費で映画館に行き、自費で入場券を買い、原稿を書く。稿料はとんかつ『びっくり』の給料のように安い雑誌ばかりだから、香港行きの旅費があるはずがない。知人から借金した。

《とりあえず泊まるとこ、決めようね》

ロンビーは空港の公衆電話の前に立ち、電話帳を繰っては電話をかけ、かけては繰った。ヴィクトリア公園に近い、格安のホテルに、私は泊まることになった。

＊＊＊

某さんとのことは、今からすれば、瑣末《さまつ》なことである。瑣末というより、くだらない。名前すら今ではもう、よく考えないと思い出せない。

香港に来たのは11月。6月に、私は映画の稀《まれ》の試写会に行って某さんと知り合った。知人が、

「戦国時代にタイムスリップする冒険劇なんか見たくない」

と言って、試写会の券をくれたのだ。

そのころ、私は家内に重病人が三人いて、病院へ行くことで一日が終わっていた。病人の洗濯物や病院の支払いや。

だからこそ、知人が見たがらなかったジャンルの映画を、日常からかけ離れていてたのしそうだと思った。出演者やスタッフが舞台挨拶をする試写会会場で、某さ

んは関係者席にいた。私の隣だった。ぱっとしない日ごろの暮らしから、試写会に行った私は憔悴した顔つきだったろうし、態度もそんなふうであったはずなのに、なにを思ったのか、どこをどう見まちがえしたのか、某さんは私をたいそう好いてくれた。知り合って二週間目、まだつきあっているとは言い難い関係なのに、「結婚しよう、すぐしよう」と言い、私が驚いていると結婚指輪のサイズ合せに行く日取りまで決めてしまった。

彼のそんな態度に、私は寒い日にお風呂につかったときのように反応した。寒い日、冷えた身体をちぢこまらせて、熱い湯に入る。そろりそろりと湯船に全身を沈めてゆく。つかった瞬間は痛いような冷たいような感触がする。が、すぐに鼻孔から湯の匂いが入り込む。そこでようやくほっとする。

「指輪を買いにいかなくちゃ」「いつ、親に挨拶に行こうか」。某さんのアプローチの性急は、結婚というものの実感を抱かせなかった。好意の強さを示す形容だと私は受け取っていた。

素直で無邪気な表現を私はたいへんたいへんありがたく思い、しかし、ほっとするまでには、日にちがかかった。家内に病人がいるのだから自分だけが恋愛などしてはいけないと禁じていた。罰が当たるような気がしたのだ。

こうしたぎこちなさは、某さんに、私の彼に対する支配や強制に映ったようだ。あとになって、彼からそう聞かされた。

ずっと家内に病人がいる私には、男性との交際の経験がなかった。男性との交際の経験がないと、わからないことを「わかりません」と言ってしまう。ただそれだけの明言が、ある種の男性には「相手にイニシアティブをとられている」と感じさせる。

男性というものに慣れていれば、すでに自分にはわかっていることを、その男性におしえてもらえる。彼に「おしえてやる」という幻想の優位を与える技能が身につく。「わかりません」ではなく、「どうしましょう、わからないからおしえて」と頼める。すでにわかっていることだから、わかっていないように、おしえてと教えを乞う余裕がある。

私が若かったのは古い時代である。このような女性の演出を煩《わずら》わしいと感じる日本男性は、二十一世紀の現在ならそこそこいる。だが、香港がまだイギリス領だった時代より前には少なかった。男に不慣れな女はそれを知らなかった。

ほんとうにわからないことにぶつかった人間には、まず、わからないという不安がたちはだかる。おしえてと乞う余裕がない。それは、ある種の男性には、剛愎《ごうふく》に映るのである。

1989年のころ、大人の女性として自分を好いてくれる男性といっしょにしゃべったり食べたり動いたりする経験が、私にはなかった。

某さんと私はセックスすることもなく、喧嘩をすることもなく、二カ月のあいだ、喫茶店でお茶を飲んだり焼鳥屋で焼酎を飲んだり雑魚寝《ざこね》したりして、たのしく過ごした。そしてある日、彼の声が変わった。電話の声が、別人になっていた。声の音調や、沈黙のさいの息づかいが、私の知る某さんではなくなっていた。

きっと私はふられたのだと、電話の声の変化でかんじた。それから苦しみがはじまった。かんじたことが事実なのか、事実ではないのか。自分の内部が、肯定と否定につねに炙《あぶ》られる。

しかし、私は某さんに会えなかった。二回、電話をかけた。二回とも某さんは部屋にいた。とりかわすことばだけなら、前となんら変わらず、彼は電話に応じた。が、会えないかと私が言うと「ちょっとこれから約束があって」と二回とも言われた。

だから三回目の電話はかけなかった。手紙を書くわけでも、住まいに行くでもなく、なにもしなかった。よけいに苦しくなった。耐えられず、試写会の券をくれた知人に打ち明けた。

「なにそれ、思い過ごしじゃないの？　仕事が忙しいから会えないだけよ。この業界って、撮影に入るとほんと、時間の自由がなくなるし、地方に行っちゃったきりってことも多いしさ」

知人は言った。彼女も某さんも、映画関係の仕事をしていた。

「香港で会えば？」

知人は私に香港に行くことを勧めた。某さんがこんどかかわっている映画は、香港で撮影に入ったからと。

「長いこといるらしいよ。香港に行きなよ。ぜったい香港に行くのがいいよ」

くりかえし、強く香港行きを勧めた。

「だって、ヤッホーって香港に来られたほうが、明るいかんじするじゃん」

明るいかんじがする。

１９８０年代、まっすぐな長い髪とぶあつい肩パッドの入った服が流行っていたあの時代、あの時代は、「明るいこと」「明るいかんじがする」ことは、何にもまして重要だった。

香港で会うことがなぜ明るいことになるのか、あとから考えればおかしな言い分である。

だが、わけのわからない苦しさから解放されたくて、私は香港行きを決めた。行けと勧めた知人から金を借りて。

きっと私は某さんから言ってほしかったのだ。

「深くつきあいたいと思いましたが、やっぱりぼくとあなたとは合わないと思いました」と。

それなら、「そうか、合わなかったんだな」とかなしんでも、かなしみの理由が明瞭である。「あなたのことが嫌いになりました」でもいい。むろん「思い過ごしです」なら、よりいい。恋が終わりでも終わりでなくても、きちんとすることは前進することだ。

彼をなじるつもりなどなかった。

なぜなら1989年の、春から秋のはじめまで、私はとてもたのしかったのだ。デートをするということがうれしかった。幸せだった。

病人の見舞いに明け暮れる日々に一輪の花が咲いたように、彼と喫茶店で紅茶を飲んだり、彼のためにおしゃれをして歩きづらいハイヒールをはくのは、病院見舞いのご褒美《ほうび》に天使がくれたひとときだと思っていた。

《……というわけよ》

　安ホテルの狭苦しいフロントで、私は英語でロンビーに某さんとのことを話した。合成レザーの椅子——代々木ゼミナールの入り口の脇にあった椅子のようだった——に、横並びにすわって。

　英語で話すことは、私を落ち着かせた。啓徳空港に着いたときよりずっと冷静になれた。「ばかだなあ、どうしてこんなにあわてて香港に来たのかなあ」と、自分で自分にやれやれとためいきをつけるほどに。

　英語は堪能ではない。だからすべてをシンプルな表現に換えて話す。それが、自分の気持ちを整理させる効果があったのである。

《all in your mind（思い過ごし）じゃないの？》

　金を貸してくれた知人と同じことを、ロンビーも英語で言う。

《だってなにひとつはっきりしたことがないじゃない？　リエが思ってるだけのことしか、リエの話にはないよ》

《そう言われるとそうだけど……》

《彼に会うのは必要なことだよ。一度、彼と会うことだよ。会ってよく話すことだよ。それで解決する》

to meet is to resolve. ロンビーもシンプルな表現をした。

＊

だが香港での日は、某さんには会えないまま三日も過ぎた。泊まっているホテルもルームナンバーもわかっていたから、電話をしたが、撮影で朝早くから夜遅くまで出ているらしく、いつもいなかった。私のほうも朝から晩まで電話機の前にいてかけつづけるわけではない。メッセージは残さなかった。残して向こうから電話をかけてくれるのなら、香港に来るようなことにならなかっただろうから。

ホテルのフロントから事務的に英語で不在を告げられるのは、私の悲観症を鈍《にぶ》くさせた。もしこの状況が日本であったら、私はもっと直接的な感情を抱いただろう。キャセイ・パシフィックのシートでは、観光ガイドブックの1ページさえ開かなかった。そばの席のストレートな観光客たちを、自分とはまったく別世界に住んでいるように感じて乗っていたが、じっさいに香港の土を踏むと、外国に来たのだとしみじみ感じる。

どこに行ってもどこからでも鼻孔に漂ってくる、中国茶や中国香や中国油の匂いにつられて、私はけっこうストレートな観光客になり、けっこう観光をしてまわった。

「来てよかった……」

そう思う。

「たとえ会えずじまいに終わっても、香港観光ができるじゃない」と、金を貸してくれた知人が言っていたが、そのとおりだ。香港は、ただ歩いているだけでおもしろい街である。

ンガ、ンガ、ンガァ。

広東語は弾《はじ》けるように元気なメロディを奏でる。

あのころの香港はまだ、あちこちでまがいものを売っていた。あからさまな偽物を安く。

ンガ、ンガ、ンガァンガァ。

それらをたくましく売りさばく広東語を、私は耳に注いだ。たくましくなるサプリメントを耳で飲んだ。

「ンゴーイ」

砂糖黍《さとうきび》のジュースを売る露天商から「ありがとう」の広東語を、おしえてもらった。

チムサアチョイ。コーズウェイベイ。セントラル。ワンチャイ。この名前の四地点を、私はなんどか動いた。

赤いマークのそごうデパートのある界隈。当時ロンビーが働いていた会社は、その界隈のビルの何階かにあった。社長は日本人で、淡水パールで首飾りや耳飾りを作って売っていた。社員はロンビーと、もうひとりロンビーより四歳年下の後輩。昼時に私たちは三人で弁当を買い、それを道ばたにすわって食べた。紙にごはんと焼き豚だけを包んだ安い弁当である。

臀《しり》をおろしたコンクリートの階段は硬くて冷たい。捨てられて黒ずんだ煙草《たばこ》の吸殻やガムやちり紙が舞う。しかも、こんなしだいで香港に来た私は、傷心のはずである。

それなのにこの弁当はおいしかった。ドカドカと載せてあるのは硬い焼き豚である。スジばっている。が、嚙むと肉汁が口一杯にひろがる。空は灰色。ぴーぷーと吹く北風。なんておいしいんだろう。

Once on a high and

windy hill in the morning mist

タイガーバームガーデンには四人でわいわいしゃべりながら行った。ロンビーと彼の後輩とビリーと私。ロンビーとビリーを、後輩はひやかす。ひやかされてロンビーとビリーはうれしそうだ。彼らがうれしそうだから、ひやかす後輩もうれしそうだ。彼らのそばにいる私も。

肩こりに塗る薬を売ってお金を儲けた人が造った大きな庭、タイガーバームガーデン。でもこの庭は病院ではない。私のまわりを立って歩いて、ときに走る三人も病人ではない。元気な友だちだ。空は灰色。北風。なんておかしいんだろう。

＊＊＊

香港に来て四日目の夕方である。某さんが部屋にいたのは。

ロンビーと二人で女人街を歩いていて、ふと、公衆電話からかけてみたのだ。どうせまたいないと思っていたから、電話をかける前に私はロンビーに言っていた。「もしいたら、じゃーん、驚いちゃった？　ねえ、会わない、とか、私も香港にいるんだよーん、これから会おうよとか、明るく誘えばいいよね」と。

けれど、じっさいに某さんが電話に出ると、「すみませんが、会っていただけませんか」としか言えなかった。剽軽《ひょうきん》にふるまうことはできなかった。それでも、香港まで来た甲斐があったというなら、こう言った私に、

「わかった」

と、彼が応じたことである。

「それじゃ、六時半に——」

彼の寝起きしているホテルではなく、映画の主演女優が泊まっている大きなホテルのロビーを、彼は会う場所に決めた。

《ちょうどぼくの家に帰る途中にあるホテルだよ》

ロンビーはホテルの玄関前まで送ってくれた。

「じゃあ」

ロンビーに手をふってホテルに入っていった。

私は怖かった。

ロビーに某さんが来た。

明るくほほえむつもりでいたが、うまくできなかった。

「どうも、こんなところで……」

彼は頭をかくようなしぐさをした。

「あの……」

私は息を吸った。だれかが葉巻を吸っているなと気づく。それで落ち着けた。

「ちゃんとお話をしたいと思って……」

ようやく、明るく言えた。

しかし。

彼は大きな身体《からだ》を、すこし後ろにひいて、もういちど頭をかくようなしぐさをして、言ったのである。

「いやあ、これから散歩しようと思ってて」

そして、すたすたすたと走って、立派なホテルの立派なドアを開けて、夜の香港のどこかに去って行った。

白人が粋なスーツやすてきなドレスをりゅうと着こなして行き交うロビーに、私はぼうっと立っていた。このホテルがどこだったかはおぼえている。ペニンシュラ。ザ・ロビー。

「××××××××」

青い目が、じっとこちらを見た。異国のことばを、私は聞き取れなかった。日本語であっても、おそらく。

だが白人がふりかけている強いオーデコロンが気付薬のように、私をはっとさせた。

私は排水口に流れるインクのように通りに出た。

犬がいた。

大きい。黒い。豹《ひょう》のようだ。

黒いバイクに繋がれている。

黒豹のようなその犬を撫でている人がいる。

「ロンビー」

犬の頭に手をおいたまま、

「……」

ロンビーはふしぎそうにふりかえった。

彼は私を待っていてくれたのではない。

ペニンシュラ・ホテルの前で、じゃあと私に手をふったロンビーが、数歩歩いて、大きな黒い犬に口笛を吹き、よしよしと撫でてやった、それくらいの時間しか経っていなかったのである。それくらいの短い時間しか、某さんは私と向かい合ってくれなかったのである。

「某さんと会わなかったの？」

「会った……いえ、見たよ」

ことの次第を話した。

次第などひとことですむ。次第などなかったのだから。

今ならよくわかる。彼は私が怖くて怖くてならなかったのだろう。私がというより、女が泣いて自分をなじることが。

私がぜったいにそうすると信じていられるほど、彼はあの時代に流行った肩パッドのようにぶあつく明るかったのだろう。

終わりなら終わりで、私は某さんがきちんと会ってくれればそれでよかったのである。「いっときでしたが、たのしかったですよ、ありがとう」と騎士《ナイト》がお辞儀をすれば、「こちらこそ、これからもお元気でね」とレディもスカートをつまんで膝をまげられる。きちんと片づく。

《行こうよ》

ロンビーは某さんのホテルに行こうと言う。

《早く。行こう》
ロンビーの顔は真っ赤になっている。
《行ってどうするの？》
《帰ってくるまで待つんだよ》
怒鳴った。黒豹のような犬の耳がびくんと動いた。
《あまりにも失礼だ》
そのあとは欧米映画の中で何度か耳にした怒りのフレーズが次々と出てくる。
《いいよ、もう》
礼を欠く。そのとおりだ。ロンビーの言うとおりだ。そういうことなのだ。
《いいよ、もう……》
騎士じゃない男だった、それだけのことなのだ。
《ジャッキー・チェンを呼んでこよう》
《ジャッキー・チェンって……》
《ジャッキー・チェンを呼んできて、某をクンフーでやっつけてもらう》
《そんなことしたらミスター・チェンに支払う御礼の香港ダラーがたいへんだよ》
私は笑った。ジャッキー・チェンは映画の中ではたしかにいつも正義の味方だなあと、なんだかとてもおかしくて、久しぶりに大きく笑った。

＊＊＊

今からすれば瑣末なことである。

二十年ぶりに行った二度目の香港からもどってきて、私は思う。某さんの名前だけでなく、顔すら今はよく思い出せない。取るに足らない遭遇だったので、今となっては、会わなかったも同じような気がする。

D広告代理店の仕事で行った香港は変わっていた。すっかり変わってしまっていた。

どこもきれいだった。どこもかもがテーマパークのようにぴかぴかに真新しかった。どこの店で食べた料理もおいしかった。

だが、かつて北風に吹かれてコンクリートの階段に臀《しり》を下ろして食べた焼き豚弁当よりも舌に沁《し》む味のものはなかった。

二度目の香港からもどり、私は天袋にスーツケースを片づけ、オルゴールとボール紙表紙のアルバムをいま一度、開いた。

Love is a many splendored thing

セットの岬《みさき》と丘で繰り広げられたラブストーリーの画面よりも、あのハリウッド映画は、ひとえにこの歌によって名作となったのであろう。

ビリーが撮った写真。

1989年のへんな顔。

ビリーがシャッターを押す前。私は聞いた。あの声。ロンビーのひとこと。

「リエ、笑って」

私は応えたかった。彼の友情に。私は祝福したかった。彼とビリーを。

ふたりには、またいつでも会えると思っていた。すぐに会えると。そうとしか予想しなかった私たちは、今よりずっと若かったのである。

若さとは、海や空やバカンスやときめきではない。失恋の涙でもない。若さとは、「また会えるとしか思えないこと」である。若さとは、写真を見ても苦しくならないことである。

It's the April rose

写真は四月のばらである。

# 池袋と白い空

いつも空が白かった。

池袋を思い出そうとして、ぼくのまぶたには白色が広がってきた。

池袋って街は、行ったことない人でも知ってる地名で、高度経済成長期には『池袋の夜』という青江三奈《あおえみな》の歌があったし、今は、ドアを開けて入ってきた女性客に「お嬢様、お帰りなさいませ」と声をかけてくれる執事カフェや、アニメーションのキャラクターグッズを売る店や、少年と少年が恋し合う同人誌漫画を売る店が並ぶ通り「乙女ロード」で話題にのぼる。

山手線にあるんだから辺鄙《へんぴ》なはずはないのだが、勤めている病院からも、住んでる712号室からも、とくに行く用事がない街だ。だからぼくは池袋って街をふだんは忘れてる。

「こんどの土曜日、池袋にでも行かない？」

焼鳥屋で鷺坂《さぎさか》さんに言われて、ぼくの耳にはイケブクロという地名が、「ねぶた祭り」とか「都《みやこ》をどり」みたいに聞こえて、催眠術をかけられたようにまぶたが閉じたのである。閉じたまぶたにひろがった白色。

「だめ？」

「ううん」

鷺坂さんは病院で受付をしている。ぼくはレントゲン室で患者さんのX線写真を撮っている。

「ううんって、はっきりしない言い方。だめじゃないってことですか？」

「うん」

こんどの土曜は休みになっている。

「行けるってこと？」

「うん」

「なら、行く、と言うべきだと思います」

言うべきだと思います。まちがっていると思います。よいと思います。二十四歳の鷺坂さんは、ぼくによくこういう言い方をする。酒を飲んだときにはとくに。

「行く」

「よかった。じゃ、こんどの土曜は池袋。家の人へのいいわけは自分で考えてください」

「家の人」というのは妻のことである。鷺坂さんは、ぼくの妻のことをそう呼ぶ。子供はいないから、712号室には妻とぼくしかいないのに。

「いいわけねえ……」

妻は都立の資料館で働いている。館とか園の付く施設というのはだいたい月曜が休みである。

「家の人は土曜は朝からいないよ」

妻のことを「家の人」と言わないと、鷺坂さんはぼくを「鈍感だと思います」と言うのである。鷺坂さんは、秘密だとか隠しごとだとか不倫だとかいったものにあこがれている。あこがれられるほど明るく若いのである。職場は大きな病院だから、ぼくたちは去年まで互いを知らなかった。秋になると五十歳になるぼくは、いつから、若い女性の顔がみな同じに見えている。女性のみならず男性も。全員まとめて「若い人」という一人。いくぶん男のほうはまだ区別がつくか。

だから、たまたまである。

前看護師長の壮行会の二次会で、たまたま隣にすわったのをきっかけに、ぼくは漠然と若い人ではなく、鷺坂さんという一人をおぼえた。

それからは、廊下ですれちがうときに挨拶《あいさつ》をしたり、食堂で日替わりランチを並んで食べたり、今日みたいに、こうして焼鳥屋で飲んだりする。

はじめは複数で、それからふたりだけが多くなって、最近はたいてい、同僚が来なさそうな店でふたりで飲み食いする。

よくあることだ。ひとまわりかそれ以上も年齢に開きのある男女がなんとなくふたりで飲み屋に行くというのは、よくあると思うんだが、どうだろう。鷺坂さんは学生から社会人になってそんなにたってないから、ぼくの世代が新鮮で、ぼくには彼女の世代が新鮮で、ここに相手が異性であるという潤滑油《じゅんかつゆ》がちょっと垂れて、なんとなく飲むようになったなどということは、よくあるような気がするのだが。

鷺坂さんは群馬《ぐんま》県出身で、小学校五、六年は博多で、中高校は静岡で、短大は横浜で、それからは現在にいたるまで、両親と妹といっしょに埼玉に住んでいる。都内に通いやすい。

「あたしにはふるさとがないの」

手羽先を串からはずしながら、鷺坂さんはさびしいと言う。

よくあることなんだろう。父親の転勤が多かった人が、鷺坂さんみたいな気持ちになるのは。でもそれは、ぼくがいまのぼくの年齢になったからそう思うんだろう。

「今住んでるとこをふるさとにしとけばいいじゃないか」

ぼくはすこし慰《なぐさ》める。

鷺坂さんの年齢のころなら、ぼくは言い返しただろう。そんなことくらいをさびしいと言われたら、世の中にはさびしいことが海水ほどあると。でもいまは、こんなことくらいをさびしいと言っている鷺坂さんを慰める。こっちか向こうか、世代をわける線がひとつしかなかったとしたら、向こうに鷺坂さんはいて、こっちにぼくはいて、こっちにいる人は向こうにいる人のさびしさを、蛍のように懐かしむ。

ぼくは東京出身だが、山に近い町だったからこどものころにはまだ蛍を見た。

二十代のころに、二十代のだれかに、もう蛍がいないとさびしがったら、相手は、ほかのさびしい体験を負けじと見つけて言い返しただろう。もう石炭のだるまストーブがないとか。

向こうにいたころは、引っ越しが多かったことと蛍がいないことのどちらがさびしいかを計《はか》ろうとしたけれど、こっちに来ると、引っ越しが多かったことも、蛍がいないことも、用いる秤《はかり》によって、大きくなったり小さくなったりすることが、わかる。

手羽先を、鷺坂さんが串にひとつ残したので、ぼくはそれを食べた。ぼくが食べると、鷺坂さんは紙ナプキンをわたしてくれた。ぼくは指をふいた。

「こんどの土曜、池袋で。池袋のメトロポリタンホテル」

鷺坂さんはそう言って、ぼくに指切りげんまんをさせた。

＊＊＊

土曜になった。

鷺坂さんはぼくがこそこそ家を出てくると思っているというか、夢みているようだが、ぼくは妻に、

「受付の鷺坂さんと池袋に行く」

と言って出てきた。

「なら、いっしょに夕ごはんも食べて来て。したくしないから」

妻も鷺坂さんとの食事を歓迎して、出勤日の玄関を、あわてて出て行った。

ぼくは朝食のあとかたづけと洗濯をしてゆっくり家を出た。待ち合わせ場所にした鷺坂さんの住む駅まで電車で行き、そのまま電車で池袋に行くつもりでいたが、

駅の改札で、

「電車はほかの人がいるからいや」

だと彼女が言うのでタクシーに乗った。

タクシーの中で、彼女はぼくの腕に自分の腕を巻きつける。

気持ちがいい。好かれるのは。ふたりの間になにもなく、手もつながず、エスコートとして腕を組む関係は、こっちの側にいる者にとってはひたすら気持ちがいい。

そうだ。それは、こっちの側にいる者の、すごく身勝手な気持ちよさである。

いくら鈍感なぼくでもわかる。エスコートの関係を、ただ超えないようにして保っているのは卑怯《ひきょう》なことだと。

鷺坂さんは若くきれいで夢みがちで、そんな人にはぼくより合う人がいる。謙遜《けんそん》で言うのではない。謙遜せずに、好かれていることだけをうぬぼれていられるならそのほうがいい。

きまじめさで言うのでもない。ぼくがきまじめなら、焼鳥屋で鷺坂さんとでれでれウーロンハイを飲んだりしない。

合う。これは人生でとても大切なことだ。食べ物も仕事も洋服も靴も思想だって住む土地だって、合えば人は幸せになる。

男女の関係にかぎっても、世代が違おうとも、たとえ世間的には不道徳な間柄であろうとも、合うふたりはいっぱいいる。

ぼくと鷺坂さんは合わない。ぼくは鷺坂さんより二十歳以上も年上なんだから、こうしたことはちゃんとつたえるべきだ。つたえるために池袋に来た。

「ここでいいです」

ぼくが言ったからタクシーは、ホテル前じゃなく駅前でとまった。おりて、ぼくは空を見上げた。晴れている。目をつぶる。白色がひろがる。計算してみる。二十五年。

「二十五年ぶりだよ、池袋に来たの」

「まさか。都内に住んでるのに」

池袋という駅で下りたことなら、何度かあった。用事のある場所にさっさと行って用事が終わればさっさと帰った。

「用事がなくて来たのは二十五年ぶりだ」

大学生のころは、池袋にでも行こうと、自分で思ったり、だれかに言われたりして来たことがよくあった。

晴れた日もあった。雨の日も。夜も。なのに、記憶の中の池袋はいつも空が白い。

服部珈琲舎《はっとりコーヒーしゃ》に、ぼくと鷺坂さんは入った。創業大正二年。店の前に書いてある。大学生のころは喫茶店に入るのは贅沢《ぜいたく》だったから、由緒《ゆいしょ》ありげなこの店は素通りしていた。

「じゃ大学生だったころは、どこでデートしてたの？」

「喫茶店」

「えー、だっていま入らなかったって……」

「贅沢なことだから、好きな女の子とデートをするときは、かっこつけたんだ。高い喫茶店に連れて行った」

はっきりしない息が鷺坂さんの鼻孔から洩《も》れた。六割よろこび、四割かなしんだ息。好きな女の子というのは、今いっしょに服部珈琲舎にいる自分のことだと、彼女の若さが教え、同時にそれは二十五年前においてはぼくの妻のことだと教えたから。

ぼくは四割よろこび、六割かなしむ。鷺坂さんが四割かなしむほど好意を抱いていてくれることはうれしいと認められ、同時にその好意は彼女の一方的な期待によるものだと、もうわかってしまうから。

服部珈琲舎の窓ごしに、ぼくは駅前の広場を指さした。

「あそこにはいつも白い服を着た人がいた」

「なにしてたの？　その人」

「アコーデオン弾《ひ》いてた」

「ストリート・ミュージシャンね」

「そういう呼び方もできる」

その人の足元には帽子が置いてあった。帽子にコインが入っていた。あれはだれが入れたんだろう。ぼくは入れたことがない。

「その人をぼくは……」

あまり見ないようにしていた、と言いかけたとき鷺坂さんが席を立った。

「じっとしてるのって苦手。散歩しようよ」

服部珈琲舎の隣は洋服屋で、SPPSと看板にはある。

「なんて読むの？」

ぼくは鷺坂さんに訊く。

「さあ、エスピーピーエスなんじゃない？」

「ここ、前も洋服屋だった」

前。二十年以上前。そこはSUZUYAという店だった。その店は当時、都内に住む若い女の子ならだれでも知っているチェーン店で、渋谷にも新宿にもあった。シャンゼリゼにもあった。

『SUZUYAで買った服を着て行ったのよ、あそこの服は保守的なデザインで男の人に受けがいいと思って』

結婚した翌年、妻は照れて告白した。ぼくの喫茶店のように、ぼくと喫茶店に入るために彼女も、かっこつけたのである。

＊＊＊

SPPSは、そのSUZUYAが店名を変えただけの店なのかどうかともかくも、ここと珈琲舎のあいだの路地を進む。

「あっ、まだある」

ぼくはキンカ堂に叫ぶ。こんなに小さな店だったろうか。

「ここ、あたしも××ちゃんから聞いたことある。お金のないときはキンカ堂で服を買ってたって。そんなに安いの？」

「うん。生地屋さんだから安いんだ。SUZUYAよりずっと安かった」

五百円のスカートを、夏休みに山の辺《やまべ》の郷里の町に帰るさい、母親へのみやげに買ったことがあった。当時のぼくには今の二千円くらいの奮発だった。どうということもないデザインのスカートを母親はよろこんだ。よくはいていた。

〈これ重宝するわ。なににでも間に合う〉

そう言っていた母親も、一昨年《おととし》死んだ。棺桶に入れてやったキンカ堂のペイズリー柄のスカート。あれをはいていたころ、母親は何歳だったのか。

「そうか……」

計算して、足がとまった。今のぼくくらいの年齢だったのだと、今気づく。

「やだ、ずっと立ってたの？」

鷺坂さんはキンカ堂に入ってみたが、すぐに出てきた。

「年配の人向きの服ばかりだった」

年配の人。この呼び方はなかなかいい。白い服を着ていた人をストリート・ミュージシャンと呼ぶよりずっと。そうだな。ぼくも年配の人だ。

「サンシャイン60のほうへ行こうよ」

タクシーの中でぼくの腕に自分の腕を巻きつけていた鷺坂さんは、往来ではぼくの袖を引っぱる。

「いいよ」

サンシャイン60。キンカ堂で母親へのみやげのスカートを買ったころに、このビルは完成し、ずいぶんニュースになった。日本一高いということがではなく、その土地にかつてあった施設のために。

「えっ、そうなの？　なにがあったの？」

鷺坂さんはおどろく。

「えっ？」

ぼくもおどろく。鷺坂さんが知らないということに。

「巣鴨プリズン」

「なに、それ？」

サンシャインシティと呼ばれる一画は、かつて鉄条網の塀が二重にはりめぐらされた刑務所だった。もともと東京拘置所だったのを、太平洋戦争後のアメリカ占領時代、戦争犯罪人を拘束するための場所として、この名称が特別についたのである。

ぼくは戦争を知らない。ただ、戦争があったことをよく聞いた。ぼくが大学生のころには、その時代のことを語る人が、学校に酒屋にラーメン屋に米屋に薬屋に喫茶店に、まだ、いた。日常的にいた。

「へー、知らなかった。サンシャインシティって、昔は怖いとこだったのね」

鷺坂さんも戦争を知らない。だが、戦争があったことを知っている人にも、きっともう彼女は会ったことがないんだろう。

東池袋中央公園。

晴れた日の土曜。ここには何組もの男女がよりそっていた。そのうちの一組として、ぼくたちも歩く。

「ほんとだ。永久平和を願って、って書いてある」

碑に刻まれた文字を鷺坂さんは読む。石碑の周囲には芝生があり、芝生の端で彼女よりもっと若い女の子と男の子がキスをしている。鷺坂さんは彼らを見ないようにした。

ぼくは芝生をじっと見た。この芝生の部分は、サンシャイン60が建つまでは、もっと広かったのだろうと。

ビルが完成したとき、「塚がなくなってしまった」というニュースを読んだ。ビルが建つまでは五つの塚があったのである。当時の写真も見た。等間隔にこんもりと塚が並んでいた。

東京拘置所にもとからあった刑場では、一人しか首が吊れない。そこでGHQはあらたにアメリカ式の刑場を建設した。十三階段が等間隔に五つ。階段の上には首を吊る紐が五つ。一度に五人が首を吊れた。

五つの塚は五つの絞首台の跡だった。サンシャイン60のビルが建って塚はなくなり、芝生と石碑一つになった。

「やだー。そんな話は、聞きたくなーい」

鷺坂さんの顔に不愉快な表情が浮かび、彼女は碑に踵《きびす》を返した。ぼくはあとを追った。道路を渡った[illegible]

「ここ、乙女ロードっていうん[illegible]」

乙女が望む少年と少年の恋の物語。白[illegible]にお嬢様と呼んでくれるカフェ。乙女のためのロードは、五人分の首吊り台の跡をまと[illegible]ひとつにしたものと対面している。

「執事みたいな人、いいな」

執事にもいろんな人がいる。しかし、鷺坂さんには、鷺坂さんの想[illegible]人だけが執事なんだろう。

ぼくたちは乙女ロードを抜けて、駅前までもどった。ＰＡＲＣＯ。白い壁。

「鷺坂さん」

「え、なに？」

「池袋の駅前でアコーデオン弾いてた人は、いつも白い服を着てた」

それは傷《しょう》痍《い》軍人で、白い軍服を着て、白い帽子を足の横に置いてしゃがんで道

いていた。足ははずしてあった。義足をわざわざはずして、彼は物乞《ものご》いを

「池袋を思い出そうとすると、空がいつも白くなる」

「ふうん」

鷺坂さんは、いきなり手をあげた。

さっとあげた。広い通りに向かって。

タクシーがとまった。

「あたしたち、やっぱり、ないよね」

さよなら、と彼女は言い、タクシーは行った。

その唐突な消え方は、しかし、ぼくに彼女の幸せな将来を祈《いの》らせた。

うん、さよなら。

# 青春と街

## 18歳の山科

あれは秋だったのだろうか。春だったのだろうか。
私はホームのベンチにすわっていた。
木のベンチ。
すぐ前に山がせまっている。
山の木々がぜんたいに、やや赤みをおびていれば、あれは冬に向かう仲秋。
ぜんたいに、カッカッと力強くみどりいろなら、あれは夏に向かう陽春。
ぜんたいに、かさかさと音が聞こえるような茶色なら、あれは冬。
ぜんたいにシーンと熱にぼやけるようなら、あれは夏。
あの日、ホームから見た風景を思い出そうとすると、どの季節でもあてはまる。
私はよくあの駅で電車を見送った。ホームからの景色をながめるためだけに。
おもしろいものが見えるわけじゃない。変わったものもありゃしない。

山がせまる、あの小さな、しずかな駅。

そうだ。

あの駅は、いつもしずかだった。

なによりも、どんなことよりもおぼえているのは、しずかなことだ。

あの駅は、いつも、しずかだった。

京都の前の駅。

やましな。

田舎町《いなかまち》に住んでいた。周囲には田んぼしかない。なにか買うにはなにか見るにはなにかするには京都に行くしかないから、「やましな」駅はよく利用してきた。

いつもしずかな駅は、だが、世界一有名な観光都市に連れていってくれる乗換口だ。

あの日も私は東山三条《ひがしやまさんじょう》から京阪《けいはん》電車に乗って、この駅で国鉄に乗り換えるところだった。

ずいぶんむかしのことになる。

やましな。

あの日、あの駅のホームで、ひらがなで表記された駅名を、じいっと見ていた。

「知ってるか。やましな、と違《ち》ごて、やまなし県ちゅうのんが、あるんやで」と、小学校のころ、うるさい男子が言っていたことがあったなと思い出しながら。「やましな」と「やまなし」は似ている。でも、だからそれがどうしたというようなことを。

京都方面を左にしてベンチにすわっていた。山がせまっている。山の裾に家が建ってはいるが、ぱらぱらと建っているだけで、駅の近くなら必ずといっていいほどあるような商店街は見えない。

『ポーラ化粧品』

ホームのすぐ前にある家の壁に、化粧品会社の看板がかかっている。小学生のころからかかっている看板だ。ペンキの色がもう色褪《あ》せて、ロゴも古くさい。

小学生のころは、その看板をかけた家がポーラ化粧品の会社だと思っていた。そこから白い小ぶりのアタッシェケースを持った女の人が、全国に出かけていって、「こんにちは。ポーラ化粧品のセールスでございます」と、奥様を訪問しているのだと。

くるりと身体の向きを変え、京都方面を右にしてベンチにすわれば、そこから見える景色はわずかににぎやかになる。

「なにがあるのかなあ」

ベンチで私は考える。私はやましなの町をぶらぶら歩いたことがない。この駅はもう何年も利用しているのに。電車を見送ってもベンチにすわっていることがよくある駅なのに。

「そういや、『王将』にしか行ったことがない」

ベンチで気づく。やましなの駅から出てしたことといえば、京阪電車の改札の近くにある餃子《ギョーザ》の『王将』に入ったくらいしかない。『王将』の餃子は安い。その安い『王将』に入るのに貯金をした。

18歳の私には自由になる金がなかった。なにかを買わないとならないときは、親に「なにそれを買うから、いくらください」というかたちでしか金はもらえない。親に告げた金額より、買った物の金額が少なかった時に差額が出るから、それを貯めてこずかいにするしかなかった。そうして貯めた金で『王将』に一回だけ入れた。

だから、やましなの駅のホームで、ぼんやりとベンチにすわっていること。それが18歳の私の贅沢《ぜいたく》だった。

そうしているのが、とても好きだった。

18歳のあのころ、高校の制服を着ずに外出するときには、いつもオーバーオールを着ていた。重いオンスのブルーデニムの。3サイズオーバーのだぶだぶにして。靴はハイカットのバスケットシューズ。京都の長崎屋で買った。現品かぎりの200円。クッションが薄くて、長く歩くとひどく疲れる代物だった。

あの日は、その靴を脱いでベンチで足のうらの土踏まずをきゅっきゅっと指圧していた。

「なにをしているの？」

話しかけられた。

顔をあげた私の前に、女の人が立っている。三十代後半か四十代後半か。よき家庭婦人といった女の人だ。

「電車が行ってしまったわよ。平気？」

「次の電車に乗ろうと思って……」

「そう？　そんなに混んでた？　わたしは駈け上がったのだけど、間に合わなかったわ。乗りそこねちゃった」

女の人に関西訛《なま》りはなかった。だれかの見舞いに来て、埼玉《さいたま》県に帰るところだと言った。

「それ、学校の教科書？」

女の人は私が持っていた『試験に出る英単語』を指さした。

「いいえ、教科書ではありません。参考書というか……」

「ちょっと見せてもらっていい？」

私は渡した。女の人はぱらぱらとページを繰った。

「英単語をおぼえる本なのね」

私は首を小さく縦に動かす。

「わたしがあなたくらいの年のころは、『赤尾《あかお》の豆単』ていうのを持ってる人が多かったわ。わたしは上の学校を受験しなかったから使わなかったけど……」

そこに電車が来た。西網干《にしあぼし》行き。

「あれにあなたも乗る？」

「いえ、私は逆の方向なので……」

「そう」

電車がホームに入ってくる直前に、女の人は私の両手をとってにぎった。

「勉強、がんばりなさいね。勉強、今しかできないから、がんばりなさいね」

そう励まして、電車に乗った。私は頭を下げて、礼をした。

女の人を乗せて、西網干行きのオレンジ色と緑の車体は、やましなの駅を離れていった。

しばらくすると長浜行きが来た。

私はぼんやりしているのをやめて、電車に乗った。

「ほんまや、勉強せな」

と思い。

あの日のあと、東京の大学に入学した。そして、ちっとも勉強しなかった。ずっとぼんやりして、東京の日々は今日に至る。

上の学校に行かなかったから『赤尾の豆単』を買わなかった女の人に励ましてもらったときが、今からすれば一番がんばって勉強していた。

山がせまる、ポーラ化粧品の看板のある、やましなの駅。

とてもしずかな駅だった。

「遠くに行きたい」

いつも夢みていたベンチのあった駅。

## 19歳の新宿

19歳の私はよく運動靴を履いていた。

一年のうち355日、履いていた。

15歳のときも17歳のときもよく運動靴を履いていたし、22歳になっても33歳になってもよく履いて、今もよく履いている。一年のうち345日、履いている。

だが一足は一カ月以上、もつ。小中高時代、校内ではゴムバックル付の通称「バレーシューズ」だったし、体育の授業では学校指定のスポーツシューズだったから、もった。

しかし19歳のときは、一カ月しかもたなかった。すぐに底がすりきれて穴があいた。朝昼晩いつも歩いていたからだ。

街の中を歩いた。

18歳の私は遠くに行きたいと夢見ていた。遠くとは、街だったのだろう。そして街とは雑踏だったのだろう。

一面の田んぼ田んぼ田んぼの町は、道でぽつりぽつりとすれちがう人はみな顔見知りで、そういうところで夢みる「遠く」は「街」で、そこでは道でざっくざっくとすれちがう人はだれも私を知らない。

19歳の私は街をよく歩いた。毎日毎日歩いた。とくに新宿を歩いた。

19歳の私にとって、新宿という街は、後年でいうところの「終わコン」だった。

情熱の青春。70年安保共闘。学生デモ隊と機動隊が衝突。西口でフォーク集会。藤圭子《ふじけいこ》。東京に出てくる前に入っていた新宿についての情報はこうしたものだった。

こうしたものは私の世代にはみな「小学校」のにおいをよみがえらせるものである。

ちょっと前に終わったものは、ずーっと前に終わったものより、ものすごく「終わコン」感が強い。

19歳の私がよく歩いた新宿には、もう闘う学生は、表に見えるところにいなかった。

しかし、新宿には小学校のにおいがただよっていた。

アルタはまだアルタになるところだった。二幸《にこう》ショッピングセンターが白幕で囲われ変身工事を施《ほどこ》されていた。

不意の来客に、あわてて散らかったものを押入にしまいこんだ部屋では、ざぶとんをまくったりすると、さっきまで見ていたゴシップ雑誌が出てきたりする。それもとりわけ見映《みば》えのよくないページが開かれたままで。

新宿はそんな街だった。

暗くて重くてクドクド理屈っぽいことが、最高にかっこよかった昭和40年代の19歳たちが愛したもの、愛した場所が、曲がり角やつきあたりに、ぽこっと出現した。出現しても、もうだれも見向きもしない。ざっくざっくと人が踏みつぶしてゆく。通過してゆく。

『新宿の女』が、ジャケットから黒いドーナッツ盤の一部をのぞかせたまま、路地に捨てられているのを見つけたことがある。いくたびかの雨に濡れ乾きをくりかえした汚れ方をしていて、歌い手の写真によった皺から盤が割れているのがわかった。

私はそれを長いこと見ていた。

突っ立って、見下ろしていた。

捨てられた『新宿の女』を見ている私を、見る人はだれもいない。

注目されない気楽さ。かまわれる煩《わずら》わしさのなさ。正反対の場所から出てきた19歳を、湯につかるようにほっとさせた。

私が19歳だった時代、新宿で有名な新聞配達がいた。小さなラジカセを背負い『月光仮面』の曲を流しながら、月光仮面の扮装で夕刊を配る男の人。年のころはわからない。月光仮面の扮装をしているから。

20××年の19歳が見たらハッとするかもしれない。だが、新聞配達の男の人はヤマンバギャルほどにもニュースにならなかった。あのころの新宿は、そんな新聞配達の人が埋もれてしまうほど、どこもかも全体に散らかっていた。あわてでかたづけたのが、よけいに散らかりを強調していた。それがあの街のこのうえない魅力であった。

新宿を、この街ではなく、あの街とふりかえるほど自分も上京して長いのだと気づいた。

また歩きにいこう。運動靴を履いて新宿を。ただ歩きに行こう。

## 21歳の渋谷

むかし、渋谷は川だった。

渋い谷と書く地名なのだから、低地であり、川がゆるやかに流れていたのであろう。

江戸時代のことである。

明治になっても、川はあった。

ハチ公像のある駅のあたりには、屋形船がぽっかりぽっかりと浮かぶ、情緒のある街であったという。

田山花袋《たやまかたい》の『東京の三十年』に、そうある。

田山花袋が、そんな屋形船が、「今ではもう一艘《ソウ》か二艘《ソウ》しかないソウです」と言うので、読んでいるこちらは「ソウですか」と言いそうになるが、渋谷のあの、人がわらわら歩いているところがみな川になっている光景を想像するのはむずかしい。

田舎は風景の変化が遅い。十年一日どころか五十年一日のような所もある。だが大都市では五年一日どころか三年一日で変化してしまう。

渋谷は最たる例の一つかもしれない。

渋谷の印象は、世代によってまったく異なる。

21歳の私は、渋谷を退屈だと思っていた。

「保守的でおとなしいお嬢さんの街」

そんな印象だった。

１０９ができてまもないころである。

１０９の中の店は、パステルカラーをベースにした無難なデザイン主体。靴や鞄もそれに合ったようなものばかり。

「講義の代返を友人に頼んだりしない優等生とか、近々お見合いをする人なんかが、このビルで買い物をなさるんだろうな」

と思っていた。

「うそー、想像できない」

と驚いたのは31歳の沢口《さわぐち》さんだ。沢口さんにとって渋谷は、

「煙草《たばこ》のヤニ臭いオッサンの街」

だという。

「小学生のころ、祖父といっしょにマムシを買いに来たものよ」

駅前のガード下に、トカゲやマムシを売る露天商がよくいたのだそうだ。

「焼いたり、焼酎《しょうちゅう》漬けにしたりして、滋養強壮剤《じようきょうそうざい》にするからって、お祖父《じい》ちゃんが買いにいくのについていったの」

アセチレンランプが猥雑《わいざつ》に灯る渋谷駅前はおんなこどもにとってはちょっと怖い印象だったそうだ。

おじいさんに手をひかれていた沢口さんはやがてデザイン学校に入った。

「そのとき授業課題で、ポスターを制作したの」

「ヤングのタウン、渋谷」「学生の街、渋谷」というイメージを与えるポスターを作りなさい、という課題だったという。

「渋谷商店街組合みたいなところとうちの学校とがタイアップした企画だったのよ」

「うそー、想像できない」

21歳の私はおどろいた。

『近ごろの若い娘は「うっそー、やだー、ほんとー」の三語でしゃべる』と揶揄《やゆ》された１９８×年のことである。

２０××年の21歳たちも31歳たちも、私と沢田さんのやりとりに、この三語を発するだろう。渋谷はめまぐるしく変化してきたのである。

変化しても街は、いや、変化するからこそ街は、それぞれの世代にそれぞれに強烈な印象を刻む場所である。

## 25歳の六本木

夜の9時ごろ。25歳の私は請求書と品物を届けに六本木に行った。「六本木にもふつうのところがあるんだな」地下鉄で思う。あたりまえだが、六本木には会社もあれば本屋さんも学校も個人の家もある。華美な遊び場だけがあるわけではない。

届ける品はわりと重かった。シュミアキンのリトグラフである。リトグラフ自体はそう大きくないのだが、額装がどでかい。嵌《は》めたガラスも重さをとる。箱もぶあつい。これを風呂敷に包み、キャリーにそうっと乗せてそうっと運ばないとならない。手をあけるために書類はリュックに入れて背負う。

25歳の私は画廊で事務員をしていた。月収8万円。家賃2万。格安の部屋だから風呂もトイレもない三畳である。「六本木」とただ地名を口にすれば華美に響くように、「画廊勤め」とただ言えばシックに響くが、芸術の判定などだれにもできないのだから、絵を売る商売屋は、ひとにぎりの特例をのぞいて、経営は火の車。私の給料もたびたび支払いが遅れた。

社員は二人だから組合があろうはずもなく、もう一人は支払い遅延に耐えかねて、二カ月でやめた。そんな職場だったから、六本木に絵を届けて来いと社長に言われたときはうれしかった。私の収入では六本木に遊びにいくことなどできない。書類と品を届けて帰るだけでも、華美な場所に行くことで気分が華美になった。

お茶の水から六本木までの地下鉄で、私はF・K子のことを考えていた。シュミアキンのリトを届けに行くのはF・K子の事務所の社長なのだ。

彼は病気を患っており、私の勤める画廊の社長は、定期的に彼に輸血していた。

「おれの血がほかの人より体に合うんだってさ」

社長は言う。「輸血の御礼にきみのところで絵を買わせていただくよ」みたいな流れになったそうだ。

「届けに行ったらF・K子に会えるかな」

輸血している社長に私は冗談で言った。

「会えないよ。会社じゃなくて、社長の個人事務所だから」

自宅でも会社でもなく、社長個人の事務所、という区分が、25歳の山出しにはよくわからなかったが、ちょっぴりがっかりした。どこかで「もしかしたら」と期待していたようだ。F・K子は小学校高学年以来、私にとってきょうれつに印象をとどめていた歌手なのである。

日比谷《ひびや》線が六本木に着いた。

いくら山出しでも六本木に来るのははじめてではない。だが、来るたびに道に迷う。

京都もそうだ。六本木を歩いた回数と京都繁華街を歩いた回数とでは京都のほうが多いが、何回行っても道がおぼえられない。

私の身体は、六本木と京都は似ていると感じる。

京都は御所を中心に通りが碁盤の目になっている。六本木は交差点を中心に、首都高速のある通りとない通りが十文字になっている。

だから方向がはっきりしてわかりやすいと感じる身体の持ち主は方向神経が高い。私は低い。方向音痴だ。方向音痴は、方向ではなく景色で位置をおぼえるのである。

京都は通りのどこに立っても「通りの角」が見える。どちらに進めばいいのか混乱する。

六本木も、地下鉄駅から地上に出ると交差点だから、四方に「通りの角」が見える。第一歩をどちらに踏み出せばいいのか混乱する。ええい、ままよと一歩をふみ出し、そのまま歩きつづけるとどんどん迷っていくのである。

地図を見い見い、ぐるぐる遠回りして、交番で訊《き》き、苦心惨憺《くしんさんたん》して、私はやっと目的地であるマンションの前まで来た。

ドアチャイムを鳴らすと、インターフォンから、「背は低いけどがっちりした体格の人」っぽい声がして、私は画廊名と用件をつげる。声から思ったとおりの外見の、50がらみの男の人がドアをあけてくれた。この男の人の後方から、

「やあ、こんなかわいいお嬢さんがおつかいに来てくれたんだ」

輸血されている社長は言った。かわいいお嬢さんと言われて25歳の私は照れくさくなかった。輸血されている社長は80歳だったからだ。

本当は68歳だったのかもしれない。59歳だったかもしれない。70歳だったかもしれない。しかし、病気のためだろう、見た目は80歳だった。

80歳の人は、70歳以下なら、だれが使いに来ても「かわいいお嬢さん」「かわいい青年」と言う。それは、「こんにちは」の次につづける、「雨があがってよかったですね」くらいの、叟《そう》の挨拶《あいさつ》である。しかし、硬い職業の叟はしない。

ソフトな職業の社長はリトグラフを見るなり、ソフトに言った。

「買えないねえ」

それから顎《あご》を、がっちりした背の低い男性のほうと電話のほうに、ソフトに向けた。

がっちりした男性は、私の持ってきた書類を見て、うちの画廊の電話番号を回し（まだダイヤル式だった）、受話器を耳に当てて待ち、それから受話器をソフトな社長にわたした。

「病院でいつもお世話になっているけどね、この絵はね、ぼくの好みじゃないよ。悪いけどね」

輸血する社長と輸血される社長は、けっこうなあいだ電話でしゃべっていた。絵についてではなかった。よもやま話のようだった。

「ごめんね、彼女、やっかいをかけるけれど、彼女のとこの社長さんね、いまから車でこの絵をとりに来るって言うから、風呂敷につつみなおして」

受話器を持ったまま社長は私のほうをふり向く。

「はい」

私は風呂敷にシュミアキンを包んだ。

「彼女、電話に出て、しゃべってあげて」

「はい。もしもし」

私は電話機のそばにより、輸血する社長としゃべった。

「絵は置いて、今日はそこから家に帰ってくれていいよ」

同じく六本木に住んでいる他の客にシュミアキンを売り込むことにしたという。

「それでは失礼します」

私がキャリーを持って、出入り口のほうに歩きかけると、

「ああ、彼女」

輸血される社長が手をのばした。

「F．K子って知ってる？」

「もちろんです」

「ほんと。彼女みたいな若いお嬢さんでも知ってるんだ」

「ものすごく知っています。F．K子さんはお風呂で体を洗うとき、まずさいしょに腕から洗うんですよね」

「ほんとかい？　なんで彼女はそんなこと知ってるの？」

「『スターに100の質問』というコーナーに書いてあったのを小学校のときに読みました」

集英社の少女漫画誌の、このコーナーの【Q1】がこの質問だった。『【A1】（ちょっと考えてから）腕』。そう書いてあった。輸血される社長は、おなかをかかえて笑った。本当に両手で下腹を抱えて、あっはっはっはと笑った。

「彼女、名前はなんていうの？　サインをもらってあげるよ……」

黒革の重厚な椅子にすわった社長は、同じく重厚なテーブルの上にあった、同じく重厚な茶色革のボードクリップにはさまれたメモ用紙を手前にひいた。が、付属のペンクリップにはペンがない。

「クロキ、ちょっとペン貸して」

社長はがっちりした人をふりむかずにテーブルに向かったまま命じたが、がっちりしたクロキより先に私が自分のリュックのサイドポケットから自分のペンを出すほうが早かった。

「ああ、ありがとう。これ、いいペンだね。細いね。どこで買ったの？」

「ソニープラザです」

数寄屋橋《すきやばし》のソニープラザでふんぱつして買った250円もするシャープペンシルは、よく手帖についている5㎜ほどの細身の直径だが、長さは一般的なシャープペンシルより1㎝ほど長い。ボディ部分はマットなプラスチックで、色は巨峰の皮の色。店頭で見つけるなりしゃれたデザインと持ち心地のよさを気に入ったが、すでにシャープペンシルを持っているのに、生活必需品ではない「すてきなステーショナリー」に出費するのは、私の収入では贅沢なことだった。さんざん迷って買った。私は社長にそう言った。

　するとまた社長は、おなかをかかえて笑った。なにがそんなにおもしろいのか、笑われるほうの私はわからない。でも言ったことがウケたのがとてもうれしかったから、私も笑った。うれしくて笑った。

「ああ、彼女と話してると、手術したところが痛くなるよ」

左手で下腹をさすって、右手で社長は私の名前を、立派なメモ用紙に書いた。

「F・K子の新しい歌をまた出そうと思ってるんだ」

「はい」

「応援してやってね」

「はい」

「こんなに遅くにお使いをしてもらって、お疲れだったね、夕ごはん食べた？」

「まだです」

「そう、そりゃ、悪かったね。これで駅前でハンバーグでも食べてかえりなさい」

輸血される社長は、私に2千円にぎらせた。私は意外な行動にびっくりした。

夕食はまだだったから、まだだと、ただ事実を答えた私は、つくづく25歳だった。

「食事をすませたかって訊かれるときには、状況によって、いろーんな意味があるんだからな。注意しないといけないんだよ、きみ。食べてなくてもすませましたと答えたほうがあつかましくなく聞こえる場合だってあるんだよ。おれの立場だってあるじゃないか。恥かいたよ。もっと臨機応変に状況の雰囲気を読め」

と翌日に、私は輸血する社長から注意されることになるのだが、そのときは2千円を「いえいえ、これは困ります」と押し返すような世馴れた動作ができなかった。2千円をにぎらせた私の手を、上からぎゅうと包むようににぎる輸血される社長の手の、甲一面に走る筋張《すじば》った血管の青さにわずかに怯《ひる》んだ。

それで2千円を受け取り、輸血する社長が到着するのを待った。

輸血する社長が部屋に着いたので、私は2千円を社長にわたした。私としては「お客さんからのお金の取り扱いは上司に判断をあおぐべきだ」と思ったのである。

「ははは、社長はやさしいなあ。感激するよな、な?」

輸血する社長は私のほうを見て、明るく軽快な口調で言った。

「社長の好意だ、きみ、ちょっと遅くなったけど今晩の夕めしは、六本木で好きなものを食べて帰るといいよ」

輸血する社長も、私に2千円をにぎらせた。

「ありがとうございます」

私は輸血するほうと輸血されるほうと二人の社長ならびにクロキさんにおじぎをして、マンションの部屋を出た。

腕時計を見る。夜11時近くになっている。

「六本木で食事をするという経験をしてみよう」

所持金は輸血される社長からもらったぶんを合わせて3千円もある。私は歩いた。ネオンまたたくほうへまたたくほうへと歩いた……つもりだったが、たんに見覚えのあるほうへ見覚えのあるほうへと歩いていた。

六本木交差点。このそばにいたら迷わないだろうという安心感から、私は『シシリア』という店に入った。

ピザとサラダを食べた。この二品を食べるのに、長い時間がかかった。

「六本木に来慣《きな》れている人」に見えるようにするにはどうすべきかと、オーダーのしかた、オーダーしたものが来るのを待つまでの腕や手の置き方について考え、ピザとサラダが来たら、「六本木に来慣れている人」のフォークの使い方をし、緊張したのでビールもオーダーし、「六本木に来慣れている人」のビールの飲み方で飲まないとならなかったからだ。

　六本木に来慣れている人のやり方。そんなものの正解はない。ないが、あるように感じて作り出してしまうのが、六本木に来慣れていない人なのである。

　食事代は3千円で釣りが来たが、『シシリア』を出るともう終電が行ってしまったところだった。そのつもりだったから、また六本木をぶらぶらした。

　といっても、迷うと困るので交差点の周辺だけをぐるぐる旋回しただけだ。

　六本木を一人でぶらぶらしていても、私は決して「ひっかけられない」25歳だった。もちろん、あきらかな犯罪者もどきは声をかけてくる。それはしかし、あきらかな犯罪もどきへの誘いである。それを「ひっかけられる」とは言わない。「ひっかけられる」とは、同時に「ひっかける」ものでもあるのである。

　銀色のスチールの、物を乗せる部分を折り畳んだキャリーを引っ張り引っ張り、ひとり旋回して歩く深夜の六本木交差点周辺は、それでも、25歳の私には充分に刺激的な冒険だった。

　低血圧の25歳は、深更にもまるで眠くならない。冒険の一環で『アマンド』に入った。東京育ちが東京タワーにのぼったことがないように、「六本木に来慣れている人の気まぐれ」に見えるのではないかと思ったのだ。

『アマンド』で、私はノートに書いた。輸血されている社長とのやりとりや、F.K子について思い出すことを。

ビールを飲んだのと歩いたのとで、私はハイになっていた。早い話、すこし酔っていた。

すこし酔うと社交的になる人がよくいるが、私もそうだ。だが、自分の顔が大嫌いだから、相手から顔を見られるのも嫌で、ノートにえんえんと話しかける。ノートとしゃべっているとあっと言う間に始発が動く時刻になった。『アマンド』を出た。

夏至近いころであった。朝日が六本木を照らしている。

「わあ」

私は目をこらして、六本木を見る。

「六本木は、つとめて」

目をこらして、ひとりで言い、私はほほえむ。

清少納言《せいしょうなごん》は、冬はつとめてが美しいと言ったが、六本木はつとめてが美しい。

ネオン灯《とも》る夜には見えないビルの壁のシミや看板の汚れを、朝の光が容赦なく照らす。厚化粧の剝《は》げた年増の美人のようだ。色っぽい。

早朝の六本木を、また歩き、始発から二番目の地下鉄に乗って帰った25歳の日。

月日が流れた。

10年流れた。
F．K子ではなくF．K子の娘が大ヒット曲をとばした。
ある日、TVにどアップになって、かっこいい歌をうたうF．K子の娘を見て、
私の口が開いた。

「アッ」

10年たって思い出したのだ。

この娘さんのお母さんの元の事務所の社長にシャーペンを貸したまま、忘れてきてしまった。

## 33歳の金沢文庫《かなざわぶんこ》

1990年に、はじめて自分の小説が単行本で出た。

だからといって生活が一変するわけではない。

ほとんどの人は図書館で本を借りる。

小説本を買う人はほとんどいない。図書館で本が何人もに読まれても、作者には一円たりとも入ってこない。それでも図書館が買ってくれるから、かろうじて本が出版できるという面もある。つらいところだが、そもそも小説を書いて暮らしてゆくということは、細々とした生活を、自ら選んだということである。ゆえに大きな声で文句は言えない。

画廊に勤めながら、小説を書いていた。

そのうち画廊がつぶれた。

いよいよ収入が減り、親族に病人も出て、困った。

「困ったなあ」

と思っているところだったから、小説を単行本にしてもらえたのは幸運だった。お金がすぐ要った。

京浜急行《けいひんきゅうこう》に乗った人のはなしを書いたのは、はじめての単行本が出てまもないころである。

京浜急行に乗った男は会社の課長。

京浜急行に乗った女はOLから転職した調理師。

いずれのはなしも、京浜急行に乗っていて思いつき、ストーリーを構成していった。

京浜急行によく乗っていたのである。

画廊がつぶれたので、金沢文庫《かなざわぶんこ》の『つぼた』という和食の店でウエイトレスをしていた。夕方から夜10時まで注文の品を運んで、夜11時半に上大岡《かみおおおか》の三畳の自室に帰って、朝の6時まで書いて、寝て、昼過ぎに起きて、大家さんの風呂を借りて入る。間借り賃貸という形態は、まだこのころにも、探せば東京近辺にあった。

風呂に入ったあとは、よく品川まで行った。品川についたらまた上大岡まで、あるいは金沢文庫までもどる。

そうしてノートに、はなしのすじをメモしていた。

京浜急行には快速特急というのがある。通称、快特。

「カイトク……」

と、縮めて口にすると、なぜだかわからないのだが、おなかがふくれる感じがする。

腹いっぱいになるのではない。ちょっとしたものを間食したような感触が腹部に、ほのぼのとひろがるというか。

通勤・通学からずれた時間に乗るものだから、カイトクの車中ではたいていすわれた。おおむね空《す》いていた。

カイトク車内で、私は座席にぼんやりすわり、窓から景色を見たり、乗客の帽子や靴を見たり、吊り広告を見たりする。

電車にひとり乗っている状態というのは、短時間の深い睡眠にも最適であるが、同時に瞑想《めいそう》なり思索《しさく》なり空想なりに最適である。

走ったり泳いだりしているとランニングハイやスイマーズハイと呼ばれる、高揚した状態になることはよく知られている。これに似た状態が電車に乗っていると、ときどきあるのはあまり知られていない。考えごとが３Ｄのように目の当たりに見えてくるシンキングハイとでも呼びたい状態になるのだ。

車内で酒を飲んでいるわけではない。むろん特殊な薬物を服用しているわけでも。京浜急行のカイトクに乗っていたある日、この状態になった。自分の座席の前に課長がすわっている。となりには調理師が。まるで本当に生きた人間がいるように見える。

二人を、私はつけていった。彼らは蕎麦《そば》屋に入った。

「どうするのだろう？」

自分の頭が見えさせているのに、他人事のように二人をつけていき、二人の物語を綴《つづ》る。

勤めていた画廊がつぶれたり、身内に病人が出たり、33歳の私の暮し向きはしけていたものだった。

恋もなく、金もほとんどなく、だが、周囲には持っている人がまだまだめずらしかったマシーンを持っていた。月賦で買ったワープロである。

親指シフトキーボードのマシーンだったから、頭に光景が浮かぶなり、あたかもカメラのシャッターを切るように、即座に文字になって画面に出てくる。このマシーンが紡《つむ》ぐ画面の中は、しけてなかった。私が尾行した二人は蕎麦屋から出たあと、京浜急行の通る夜道を活発な足どりで歩いていた。
今でも京浜急行に乗ると、車内に二人をさがす。

## 11歳のハワイ、46歳のハワイ

46歳の私はハワイに行ったことがない。

行ったことがないところは、ほかにもたくさんあるが、まさか46歳になってハワイに行ったことがないとは、11歳のときには予想もしなかった。

11歳のころと限定はしないが、それくらいのころは、

「大きくなったらハワイには行くだろう」

と確信していた。

私だけではないはずだ。

私の世代にとって、ハワイは、「そのうち行く」のが当然のところだった。

『アップダウンクイズ』を見ていたから、そういう感覚になった。

「ハワイといえば『アップダウンクイズ』」という世代がいるのである。

63年から85年まで『アップダウンクイズ』というTV番組があったのである。

いくつか出題される問題のうち連続して十個正解を出すと勝ちというルールで、出場者はみなゴンドラに乗っている。一個正解するたびゴンドラは一段階ずつ上がる。途中で一回でもまちがった答えを出すと、ゴンドラは一気に最下段階（ふりだし）に落ちるというザンコクなルールだった。提供はロート製薬で、日本航空が協賛。

ゴンドラが十段階上がるとくす玉が割れ、スタジオのどこかから飛行機のタラップ部が移動してきて、そのタラップを日航のスチュワーデスさんが昇ってきて、ゴンドラの出入り口（？）を開けてくれ、勝者の首にレイをかけてくれる。

そのさいのBGMは『ブルーハワイ』だ。『ブルーハワイ』だよ。『ブルーハワイ』と曲題を聞いてもわからない人も、曲を聞けばぜったいわかる。ハワイのイメージを体現する曲、『ブルーハワイ』。

日本TV史上におけるクイズ番組の基本パターンを打ち立てたアップダウンクイズの勝者への御褒美《ごほうび》は、そう、「ハワイ旅行」だったのである。

「十問正解して、さあ夢のハワイへ行きましょう！」

というのが番組のはじまりのことばだった。

この番組がスタートしたのは1960年代。トリスウイスキーのCMコピー「トリスを飲んで、ハワイへ行こう!!」が流行語になったころである。

1ドルはまだ360円で、外国へ旅行するのはふつうの日本人にとって一大事だった時代。

このころ、クイズやCMのみならず、雑誌の記事文や漫画のなかにハワイという国名が出てくるさいには、かならずといっていいほど、「夢の島、ハワイ」と、「夢の島」が枕詞《まくらことば》のようについていた。

「夢の島」なのだから、庶民はおいそれとは行けないのである。なものだから、「日本にいても、せめて気分だけはハワイにいるかんじになれるように」とオープンしたのが福島県の常磐《じょうばん》ハワイアンセンターだったという。

そのころの日本人にとってハワイは、きっと「学園のアイドル」だったのだろう。

「美人で勉強もできて体育もできて絵もうまくて縦笛も上手な学園のマドンナ」をアメリカやフランスとすると、ハワイは「すごい美人ってわけではないけどかわいいアイドルタイプ」の女子で、「この子なら必死でがんばればふりむいてくれるかも」みたいな心理をつかれた多くの人が十問正解を目指し、さらに多くの人がこのクイズ番組を見ていたのだろう。

時代が進むにつれ、クイズ番組の御褒美は、アメリカ横断やフランスへの旅行に変化してゆく。

高度経済成長期を経て、オイルショックを経て、バブルも経た後年になると、「ハワイ旅行プレゼント」

といって思い出すのは『新婚さんいらっしゃい！』ではないだろうか。

日曜の昼食後のもったりとした時間に放映されて似合うようなこのＴＶ番組のように、ハワイも、かつて男子たちが必死でがんばってアプローチしようとしたアイドルタイプの女子というイメージではなくなってしまった。

戦勝国アメリカはじめ、イギリス、フランスにも、旧同盟国イタリア、ドイツにも、中立国スイス、北欧にも、国内ツアーより安い海外ツアーもたくさん出るようになった。

「海外に行ってきたんだって？　どこー？」

「３日しかないんだもん、ハワイだよー」

「なんだー、そっかー」

こんな会話を何度か耳にしたことがあるくらい、ハワイはなんだか「そのへんの女の子」の座に落ちてしまった感があった。一時期は。

だが、数年前からまたハワイ人気がよみがえっている。

かつてのように「夢の島＝あこがれのアイドル」としてではなく、仕事に忙殺される日本の会社員がのんびりしてぼーっとしにいく島、いうなれば「癒《いや》しの島」として。

ハワイを紹介したり特集したりした雑誌はたいてい、どこそこのホテルのマッサージがどんなに気持ちがいいかとか、エステのバリエーションが豊富だとか、浴室やベッドがこんなに広くてすてきだとか、いかにリラックスできるかということを訴えている。

そういえばハワイ人気の復活と、女性芸能人に「癒し系」とキャッチフレーズのついた人が登場してきた時期とは、ほぼ一致している。

日本人は、どうやら癒されたいようである。会社でも学校でも家庭でも。順位をつけない短距離離走を導入した運動会。ちょっと意見がくいちがったら「やっぱ、合わない」とすぐ別れる男女交際。風呂に入ってマッサージをしてもらう海外旅行。等々。

「しかし、それなら……」

ハワイがアイドルだった時代を知る私は思うのである。

癒されたいのなら、なにも遠い成田まで行って飛行機に乗らずとも常磐ハワイアンセンターでいいではないかと。

それどころか、近所の銭湯でいいではないのかとさえ。いやいや、家の風呂でいいではないかとさえ。

思えば高校を卒業して上京してから40歳に至るまで、経済的な理由で、風呂のある賃貸住宅に住めなかった。40歳になって、ようやく風呂付き賃貸に住めるようになった。

「夢の家風呂」

である。

その日、着ていた服を寝室で脱いで、まっぱだかのまま風呂場まで歩いて、湯を浴びる。家風呂ハワイアンセンター。

小さい狭い湯船につかって、46歳の私は、『ブルーハワイ』のふしを鼻唄する。

ハワイがまだまだ日本人の憧《あこが》れだった時代、一日中、外を走り回っても疲れを知らなかった11歳のころ、南洋の夢の島を夢見た元気さを、さらに夢見て。

〜ティータイム〜

# 新・日本三景

## 東海道線から見る伊庭《いば》邸

　東海道線の安土《あづち》駅の近く。電車の窓からこの洋館は見える。夕方がいい。吉屋信子《よしやのぶこ》の小説の主人公が住んでいるようなロマンチックな家が橙色《だいだい》にかがやき、胸が甘くしめつけられる。電車はすぐにこの家を通過するから、なおのこと切なくなる。子供のころから空想をかきたてられた伊庭邸は、ヴォーリズの大正二年の設計である。

## 埼玉県宮代《みやしろ》町立・笠原小学校

こんな小学校に通っていたら、想像力が刺激されて小学生で処女小説が書けるのではないかと思うのが笠原小学校。隣にある東武動物公園と同じくらいの時間を散歩できるくらい遊び心いっぱいの建築。お手入れを入念にして、この小学校に入学してくる子供たちをいつまでもたのしませてあげてほしい。

## 函館の館町《たてまち》界隈

函館は夜景も海沿いもどこもきれいな町であるが、館町界隈も味わい深い。中国寺院と坂道の多いなかに家々がたてこんでいて、たくましい生活力を感じさせながらも、すごく静かでふしぎなゾーンである。あらゆるところに猫がうようよいるのもミステリアス。萩原朔太郎《はぎわらさくたろう》の詩集を片手に歩きたい界隈だ。

# 夏と子供

## 琵琶湖《びわこ》の風呂敷

標準的な気候の土地の、公立学校の夏休みは、平成14年現在、7／21～8／31である。

しかし、昭和44年までは、7／25からがスタートだった。忘れている人も多いのだが。とちゅうから変わったのである。とちゅうから4日早まったのである。

「やったー！」

先生から知らされた市立小学校6年1組の教室は歓声にわいた。

私は、4日少ない夏休みと、4日多い夏休みを、小学校時代に知るという貴重な体験をした世代である。

4日など、たかが4日だ。

中学生より高校生にとって、高校生より大学生・社会人にとって、「たかが」度は強まる。

だが小学生にとっては、7／25始まりの旧夏休みですら「万歳！」と思っていたのに、4日も多くなると言われたら、それはもうミカエル様とガブリエル様からプレゼントを受け取ったようなもの。「バンバンバンザイ！」だった。

子供のからだにある時間計測器は、大人とはまったくちがう。4日は長い。私がサマー礼拝に行ったのは、まだ夏休みが4日短い、7／25始まりの年だった。10歳になる夏。

通っていた教会が、3泊のサマー礼拝への参加者を募り、それに応じた。サマー礼拝用の建物は、いつも通う、町の中の教会ではなく、琵琶湖《びわこ》のほとりにある。夏のあいだ県内の水泳場としてにぎわう浜からは離れた、静かなというか、やや不便なところに。

出発の当日、私はひとり家で支度《したく》をした。両親は働いており、きょうだいもいないので、

「なにを持っていったらいいのかなあ」

よくわからない。

3泊4日ぶんの支度、とシスターに言われていたが、小3にはよくわからない。てきとうにパンツやシャツや水着やバスタオルなどを、だれもいない応接間のソフ

アにつみあげる。

「『なつの友』も入れんとな」

『なつの友』は1日見開き2ページずつ、国語算数理科社会の問題が書かれた宿題帳だ。ぺらっとした表紙に、水彩画が描かれ、低学年は『なつの友』、高学年は『夏の友』と書かれている。

集合時間は新朝日町二丁目のバス停に昼過ぎの1時半。それまでに私はひとりで昼食を食べた。

小4だからたいしたものは作れない。インスタントラーメンを作って、そこに菠《ほう》薐《れんそう》草を入れて食べた。

口をすすいで、応接間のソファの前に立つ。

「問題は、これをどうやって持っていくかや」

大阪万博前、軽量で薄くて大きなスポーツバッグなど、田舎町には売っていなかった。

「風呂敷をとってこ（とってこよう）」

納戸《なんど》の桐《きり》の箪笥《たんす》のひきだしに、風呂敷がごっちゃ詰めされているのは知っている。

そこから一番大きいものを一枚取り出した。

「うーん、これはちょっと……」

私ははげしくためらった。

風呂敷の模様がいやだったのだ。

もっとちがう風呂敷はないのかと、ひきだしをひっかきまわす。

しかし模様がいいものは、みな小さい。集合時間が迫っている。

「もう、しょがない」

荷物を包んでみると、塩梅《あんばい》よく四隅が結べ、塩梅よく手で持てた。

「よし、しょがない」

集合時刻が迫っているのだ。

【ラーメンを作った鍋と、入れたどんぶりと、箸は、水洗いだけしてあります】と、広告チラシの裏に鉛筆でメモ書きして流しの脇に置いて、私はバス停に向かった。

バス停は、手ぶらなら歩いて4分のところである。この日は大きな風呂敷包みを持っていたので、歩きがいくぶん遅まり、5分かかった。

そこには、同じように大きな荷物を持った、小さい子供たちが10人近くいた。いつも教会で子供の世話をしてくれるシスターもいた。

くりかえす。昭和40年代前半である。adidasやPUMAの鞄を持った子などいない。みな風呂敷だった。だが、私と同じ模様の風呂敷を持っている子はいない。

「どうか、笑われませんように」

私は心中で祈る。

私の風呂敷は唐草模様だったのである。

唐草模様の風呂敷は、東京ぼん太※のトレードマークだった。

「やーい、ぼん太、ぼん太、てみんなから囃《はや》されるんとちがうやろか。どうしょ。囃されたら恥ずかしいなあ。どうしょ」

私はバス停の数歩先からどきどきした。

「そや、もし囃されたら、夢もチボーもない、て言お」

対応策を練って、バス停前で足をとめた。

豈図《あにはか》らんや、だれひとり私の風呂敷に注目する子はいなかった。

後年に考えれば、実にあたりまえのことである。4日を長いと感じる子供なのである。4年前に人気のあった東京ぼん太のことなど、みなすっかり忘れていたのだ。

近江《おうみ》バスが来た。

「はいはい、みんな、バスに乗って」

シスターに言われ、バスは、バス停のところどころで、風呂敷を持ったほかの子供たちを拾いながら、しんがい※のほうへ進んでいく。

やがてバスは、屋根に十字架のある建物の前で、40人ほどの子供たちをおろした。こんなにたくさんの子供たちが「教会主催のサマー礼拝」に集まったのは、このイベントが、とくにクリスチャンに向けて募ったものではなかったからだ。

広く、町の子供たちに向けて募ったのである。宗教色のほとんどない、「町内お子様サマーキャンプ」のようなノリで。

子供たちが降り立った道路から浜まではなだらかな坂で、その坂を下る順に礼拝堂、小集会所、大集会所が建ち、下りきったところはもう白い砂。波が打っては返している。

「みんな、聞いてや」

大人の男の人は、いつも私が通っている教会で、よく子供たちの世話をしてくれる信徒さんだ。

小学生以下の子供たちと、中学生以上の男子、大人の男性世話人は大きな集会所を宿所とし、中学生以上の女子とシスターは小さな集会所を宿所とすると、彼は説明した。

「みんな、わかった？　みんなが泊まるんは、あの大きいほうの建物《たてもん》やで」

シスターが、浜にもっとも近い建物を指さすと、40人の子らはおおはしゃぎで、坂道を下りだした。

「これこれ、落ち着きなさい」

シスターたちが注意してもきくはずもなし。

「子供たちの夏の健康のためにぜひご参加お待ちしています」という募集のことばに嘘はなかった。サマー礼拝と名がついているものの、私たち子供は、朝夕の礼拝で、ごく短いお祈りをして賛美歌をうたい、ちょっと聖書を読めば、あとは砂浜でゲームをしたり泳いだりして遊ぶだけである。

ただはしゃいで3泊4日を過ごした。

たのしかった。

たしかに、たのしかったはずなのだ。

ところが、秋を待たずして、8月31日にもなれば、サマー礼拝に参加したことすら、遠い過去と化していた。

急速に過去になる。

それが子供の夏だ。

今、人生の秋を迎え、私はまぶたの裏に不意によぎらせるのである。湖の波、太陽の光、白い砂、ずらずら並んだ夜中の布団を。シスターが撮ってくれた写真が一枚ある。帰るさいにバス停前でみなが立っているもの。当時、写真はモノクロで、私の足もとに色のない唐草模様がちらっと見えている。

※東京ぼん太＝コメディアン。昭和40年、「夢もチボー（希望）もない」が流行語になるほど人気。

※しんがい＝新海。琵琶湖畔の水浴場の地名。

# 小3の水洗便所

楳図《うめず》かずおの『赤んぼ少女』が「少女フレンド」に、横山光輝《よこやまみつてる》の『コメットさん』が「マーガレット」に連載中だった196×年のことである。

私は小学3年生だった。

それまでは滋賀県内で何度か引っ越しをした。このころは一段落して一処《ひとつところ》に落ち着いた。

意欲溢《あふ》るる建築家と父が知り合い、彼の設計による豪儀《ごうぎ》な家を借金して建てたからである。

意欲溢るる建築家は、意欲溢るるので、粋《すい》な設計をした。粋なので人目を引く。それはつまり、住むのには、きわめてきわめて不便な設計だった。

そういうもの全般に対して滋賀では「豪儀」と形容する。子供のいる未亡人と結婚する男性に「豪儀な人や」、長髪のロックバンドの外見にも「いやあ、豪儀やわあ」、喫煙する女子にも「豪儀なことや」。そよかぜにも剝《は》がれそうな淡い褒称《ほうしょう》のヴェールの下に、敬遠と嫌悪感を隠して。

住みづらい豪儀な家は父親をたいそう満足させていた。デザインを重視しすぎる狂おしい人であった。母親はそんな夫を「ムード派」と故意に誤った言《ことば》で形容することで平衡《へいこう》を保つ変わった人であった。

父母はほとんど不在であった。

よって私は豪儀な家に、たいていひとりでいた。

少女漫画をよく読んだ。愛していた。

父母は、それを忌《い》んだ。

マイケル・ジャクソンと競《せ》る変人の母親。ウィルデンシュタイン夫人※と競る狂おしい父親。ところが、わが子が漫画を読むのを嫌うところだけは、世の中の親のスタンダードな姿勢を見せた。

読むことが許可される漫画は月刊誌一冊に限られていた。週刊少女漫画誌は「不良少女の読みもの」だとされていた。

朝日新聞に、『少女フレンド』は不良少女が読む雑誌」であると発表されたらしいのである。

このとおりに発表されたのかどうか不明である。朝日新聞の調査かどうかも不明である。

ただ、父親がある日、朝日新聞を広げながら、

「しょうじょふれんどという漫画がもっとも不良少女の読む雑誌だと出ている」

と言ったのはたしかである。

しょうじょふれんど、という固有名詞を、それがどんな雑誌なのか、父は実質的に認識していないであろうにもかかわらず、彼のその誌名の発音は、聞いた者の耳を痛ませるほど侮蔑《ぶべつ》的でおそろしく低かった。

だから「少女フレンド」と「マーガレット」を、私は定期的には読めなかった。

しかし、なにごとにも抜け道はある。

病気や旅行や親戚の家に行ったとき、二日や三日の長期的（小学生としては）な留守番、それに、なんといっても床屋に行ったときは、限定されている漫画誌以外の漫画誌も読んでよかった。

夢路の床屋、いとしの床屋、恋しの床屋。あのころ床屋の待合椅子の本棚は、日本中の子供に「いけないことを」を垣間見せてくれる小窓であった。

抜け道で読むことのできた週刊漫画誌は、週刊誌なのだから、ほぼ連載ものであ

る。たまに読んだのでは前後のストーリーがわからない。だが、そんなことはまるで気にならなかった。

少女漫画（と区分されているもの）が読めるのなら、どんなものでもうれしかった。自分の前に漫画があってページが繰れるのなら、食事もしなくてよいほど。続きものゆえに、たまに読んだのでは、出てくる人たちの関係性や、その回でのキーワードが何のことかわからない。

「〈当番み〉？〈当番み〉ってなんだろう？」

「〈カマプロ〉？〈カマプロ〉ってなんだろう？」

「当番み」「カマプロ」という語句がネームの中にあった※のである。なんだろう、なんだろうと頭に「？」がいっぱいになる。そのわからなさにどぎまぎして、ふりまわされるのが、なぜか心地よかった。

定期購読しているものとはちがうドキドキ感を与えてくれた。イマジネーションが刺激されてぞくぞくした。

これは、そんな小3のころの、夏休みの、水洗便所事件である。

＊＊＊

みーん、みんみん。

みーん、みんみん。

蟬《せみ》がひっきりなしに啼《な》いていた。

夏休み。

両親は仕事で朝から夕方までいない。

小３一人の家に、みどりちゃんが来ていた。

先週三日間は増村《ますむら》さんだった。

みどりちゃんと増村さんは高３。同じ高校の同じクラス。「同じ町に住んでいる」と増村さんが言っていた。その町は、わが家からはけっこう離れたところにあった。商店の多い、家と家との間が密接したにぎやかな町だから、「にぎやか町」と仮にしておこう。

豪儀なわが家は、当時はまだ田圃《たんぼ》や林をつぶし始めたばかりの新しい住宅地にあった。家と家との感覚がまばら、というより田圃や小林のなかにぽつん、ぽつん、と新しい家が建って、近所づきあいは盛んではなかった。盛んになりようがない状態だった。静かだったから、「静か町」と仮にしておこう。

なぜ高3の増村さんとみどりちゃんが、この夏、にぎやか町から静か町のわが家に通ってきてくれたのか？

わからない。

わかる人は、今となっては他界するか耄碌《もうろく》するかしている。していないかもしれない人とは四十年以上前からずっと交流がないから連絡先どころか名前もわからない。解明する方法がない。

理由は不明ながら、とにかく、増村さんが三日間、みどりちゃんが五日間、十時ごろにやってきて十五時ごろまでいた。

いて、ちょっと家事をする。玄関を掃くとか、どこか一室だけに掃除機をかけるとか、ちょっとだけ家事をしてくれる。しないこともある。

昼ごはんはいっしょに食べた。お櫃《ひつ》に残ったごはん＋冷蔵庫にあるもの。もしくはお櫃に残ったごはん＋「えびすめ」でお茶漬け。作るほどのことでもない。適当に二人ですませていた。

あとは、増村さんにしろ、みどりちゃんにしろ、わが家の、大きな机のある応接間で、机に向かって何か書きものをしていた。数学とか英語とか、簿記検定の勉強であったり、履歴書を書いたりしていた。

私は私で勝手に行動していた。外で犬と遊んだり、自分の部屋で『なつの友』をしたり、家を高校生にまかせて、自分の通う小学校の水泳教室に行ったりしていた。

増村さんもみどりちゃんも、当時の高校生というのは、現在の高校生より大人びていた。ずっとずっとずっと。ずっとしっかりしていた。

自分が幼かったためにそう見えたのではないはずだ。昭和三、四十年代の映画を見てみよ。二十二歳の赤木圭一郎《あかぎけいいちろう》は三十四歳くらいに見えるではないか。二十二歳の岩下志麻《いわしたしま》も三十四歳くらいに見えるではないか。皺が多いわけでも腰がまがっているわけでもないのに、現在の若者よりずっと大人に見える。

増村さんは、色が白くて、一重《ひとえ》の——一九八〇年くらいまで、一重まぶたの日本人は現在よりはるかに多かった——目の細い、髪形は、えりあしぎりぎりの長さのショート・ボブ。もの静かな人だったので、小学生の私は「さん」づけで呼んだ。増村さん。

隔たりを感じたためではない。彼女のしとやかな佇《たたず》まいが、私はうきうきするほど好きだった。当時の少女漫画には「主人公の女の子は年の離れたお姉さんと二人暮らし」という設定がよくあったから、そんな環境にあこがれていた私は、増村さんがお姉さんだったらいいのにと思っていた。

増村さんは、三日間ともノースリーブのAラインのワンピースを着て来た。二日目の水色のは「これは自分で作ったん」と言うから、私は叫ぶほど感心した。自分で服が縫えるということに。

すてきなワンピースの増村さんは、わが家にやって来ると帆布《はんぷ》張りのデッキチェアをベランダに出して、そこでレース編みをすることがあった。

私が犬と遊ぶのに飽きてようすを見にいくと、編みかけのレースとかぎ針をノーベル飴の丸い缶にしまって、いっしょにすわろうとやさしく微笑《ほほえ》む。

デッキチェアだから、そんなに大きくない。いっしょにすわろうとすれば、私が増村さんの膝《ひざ》に乗るようなかんじになる。といっても私も小三なので、ママが幼児を抱っこするように、チンと乗っかるのではなく、私は増村さんと直角に交《まじ》わるように腰を下ろし、サイドから足を増村さんの膝にのせる。

そうしてデッキチェアの狭い座部にギュッとすわり、あの雲はなんとかのようだとか、あそこに見える高い屋根の建物はなんだとか、あそこで花が咲いている木はなんだとか、そんな話を二人でした。

「明日はお家賃を払う日ね」

私は増村さんに言う。標準語で。

「お家賃？」

「そうよ、希望荘のお家賃よ」

私は答える。標準語で。

そんなときの私の空想の中では、私は東京の郊外に住んでいて、希望荘の２０６号室に、お姉さんの増村さんと二人暮らしをしている中学一年生だ。空想の中で自分を実年齢より上に設定したほうが落ち着くほど、まだ私は小学三年だった。

「キボウソウ？」

それはなにかと増村さんは問う。

（希望荘は……）

私は答えない。答えると、せっかく今、増村さんと本当の姉妹であるという設定の中に入りこんでいるのに、パンッと空想の風船がはじけてしまいそうに感じるのである。

（東京の郊外にあるの……）

「東京の郊外」というフレーズは、前年まで月刊「なかよし」に連載されていた松《まっ》尾美保子《おみほこ》の『ガラスのバレーシューズ』でおぼえた。主人公はアパート暮らしという設定だった。郊外。アパート暮らし。えもしれぬほどアーバンな住環境だった。人口三万余の市にすむ小学生には。

「うふふ」

答えない私の半身を膝の上にのせて微笑む増村さんはもの静かだった。

「あ、かんにんな、考えごとしてたん」

空想から抜けて、私は元どおりのことばづかいになる。

「うん。考えごとしてるんやろなと思《お》もてたわ」

友人や先生や親戚はもちろんのこと、実の親に対してさえも社交的になれなかった私が、ふしぎなほどナチュラルにフレンドリーにふるまえた。増村さんと、それから、みどりちゃんといるときは……。

＊＊＊

（いつまでも夏やったら……。ずっといっしょにいられたら……）

増村さんにそう願ったように、みどりちゃんにも同じことを願った。

八月に入ると増村さんとバトンタッチしてやってきたみどりちゃん。

みどりちゃんは、なんという苗字《みようじ》だったのだろう？

増村さんは、なんという名前だったのだろう？

増村さんのことは「増村さん」、みどりちゃんのことは「みどりちゃん」と呼んでいた。この呼称差は、みどりちゃんのキャラに負《お》う。

増村さんが北方系なら、みどりちゃんは南方系。地黒で、目が大きくて、睫毛《まつげ》もマスカラを塗ったように濃く長く、眉も太く、声が大きく、笑い声はいっそう大きかった。天然パーマっぽい髪を、三つ編みのお下げにしていた。

増村さんも、みどりちゃんも、好きだと思わないくらい好きだった。

みどりちゃんは、わが家に来るとパパッと玄関を掃いて、パパッと書き物をした。増村さんの三分の一くらいの時間しか机に向かわなかった。

机からはなれると、私の部屋に来て、ダイヤモンドゲーム※をしようとか、トランプ占いをしようとか、ビーチボールでバレーボールをしようとか、私を遊びに誘った。買うものもないのに銀座まで行って、店だけを見て、ぶらぶら歩いて帰ってきたりした。

それがある日、やって来るなり、お下げの三つ編みの頭に手拭いを姉《あね》さんかぶり

にして、

「今日は大がかりな掃除をしよう」

と、はりきりだした。

「ここと、ここと、それからここをしよう」と、掃除する域を、みどりちゃんは決め、私は分担した。

みーんみんみん。みーんみんみん。夏真っ盛りの暑い日に、二人ともフウフウ言いながら、掃除をした。

一段落すると汗びっしょりになった。

「あー、しんどかった。ようやった。ようやったさかい今日はこれから漫画でも読まへん？『少女フレンド』か『マーガレット』か買《こ》うてきて」

みどりちゃんは自分の鞄からサイフを取り出した。

「うん」

嬉々として私は雑巾《ぞうきん》をしぼり、バケツの横に置いた。

「いくらか知ってる？」

「『少女フレンド』は60円、マーガレットは70円」

答える私。

「そんなら、これで両方買《こ》うてきて」

みどりちゃんは大きなコインをみっつくれた。当時の50円玉は、現在の５００円玉くらいの直径だった。当時も穴はあいていた。

「エーッ、二つとも!?」

「少女フレンド」と「マーガレット」を両方とも買っていいなんて！　夏休みで正月でクリスマスで誕生日のようだ。

みどりちゃんからもらった50円玉を、ジャングル大帝のサイフに入れて、自転車に吊り下げて、私は銀座に向かった。

ジャングル大帝のサイフは、名刺くらいのサイズである。全体的に赤地のビニール。一面には赤地にパンジャとレオが走っている絵。もう一面はレオの顔のアップ。

サイフだが、細い鎖がついていた。チェーンベルト付のジャングル大帝の赤いサイフを、自転車のハンドルにひっかけて漕《こ》ぐのが常だった。滑り落ちないように、ベルのでっぱりにひっかける。

＊＊＊

銀座といっても、むろん東京都中央区の銀座ではない。「にぎやか町」と「静か町」の中間くらいのところにある駅の前の、御当地銀座商店街のことだ。町で唯一、アーケードが設けられている。大川《おおかわ》本屋さんは、銀座の一等地にあった。大川本屋さんでは、入り口から入った中央に歌舞伎劇場の升席《ますせき》のような、正方形の棚がある。そこに月刊漫画雑誌はずらずら並ぶ。少年ものも少女ものも。週刊漫画誌は、入り口の手前、軒先の、外の棚に並ぶ。この外の棚に、朝日新聞が「不良少女の読むもの」と判定した（と父が言った）、週刊の「少女フレンド」と「マーガレット」はあるのである。

「マーガレット」の表紙は今井淳子《いまいじゅんこ》ちゃん。「少女フレンド」の表紙は高見《たかみ》エミリーちゃん。やがて総理大臣の弟の奥さんになる少女モデルのエミリーちゃんは、このころ、まだどこかに戦後をひきずっていた日本の少女の、最高峰の憧《あこが》れの美少女だった。

おお、夏休みよ。

おお、大川本屋の外の棚で迷わないでもよかったリッチな夏の日よ。

病気・遠出の旅行・法事・長期留守番・床屋といった「ラッキーな抜け道」を歩けるときはいつも、「フレンドかマーガレットか、それが問題だ」と悩んできたのに、１９６７年の夏休みのこの日は、悩む必要などこれっぽっちもなく、私は外の棚から、「少女フレンド」と「マーガレット」の両方とも、を抜いて意気揚々《いきようよう》とレジに持っていった。

＊＊＊

うきうきする帰り道、私は自転車を漕ぐ。ジャングル大帝のサイフをハンドルにひっかけ、カゴに二冊もの（！）週刊少女漫画を入れて。

自転車のサドルが低すぎた。限度まで高くしていたが、背がどんどんのびる小３には追い付けない。サドルに尻をおろさずに漕ぐ。すごいスピードを出して。

あのころ。

ちばてつやの『みそっかす』が「少女フレンド」に、古賀新一《こがしんいち》の『のろいの顔がチチチとまた呼ぶ』が「マーガレット」に連載中だったころ。

あのころは、田舎の町に車は少なかった。信号無視して好き勝手に斜め横断しても、危なくなかった。

サイフを揺らしながら、競技自転車選手のようなフォームで、カゴの二冊に胸踊らせながら、私はペダルを踏んで家に向かう。

「近道をしよう」

舗装されていない細い野分け道のような道を、ダカダカダカと漕いだ。

前方に四つ角。

四つ角の一角がわが家の門だ。四つ角に向かって細い道はスロープになっている。

(あれ?)

四つ角からスロープを一歩下ったあたりに、つっ立っている人がいる。

自転車は進む。

(みどりちゃん)

まだ近眼ではなかった私は、つっ立つみどりちゃんの様子がおかしいことに気づいた。みどりちゃんは、はだしで立っている。

はだしで、泣きそうな顔をして、両手をだらりと下げて。

だらりと下がる右手の先には、さらにタワシがぶらりと下がっている。棒のついた便所タワシが。

(なんで、便所タワシ?)

キーッ。スロープの手前でブレーキをかけ、私は自転車をおりた。

「どうしたん？」

「わーっ、どうしょ、どうしょ」

はだしで私に駆け寄るみどりちゃん。便所タワシからぽたぽた水が垂《た》れている。

「どうしたんて？（ねえ、どうしたのよ）」

「壊れてしもた、壊れてしもた」

「壊れた？」

「お便所が壊れてしもたん」

「お便所？」

「止まらへんの。水止まらへんの、どうしょ。どうしょ、壊れてしもた」

今にも泣きそうなみどりちゃんは、順序立てて説明ができない。

あとからわかったことを先に書く。

意欲溢《あふ》るる建築家によるわが家は、大阪万博前の１９６７年の人口三万余の田舎町には珍しい鉄筋の豪儀な設計で、見た目のすべてを住人に珍しがられたが、だが、何が珍しいといって、きわめてきわめてきわめて珍しかったのは、トイレが洋式で、水洗なことである。洋式トイレを設置した個人住宅は、当時の滋賀県には四軒しかなかった。

私が「少女フレンド」と「マーガレット」を買いに出かけているあいだに、みどりちゃんは、もうひとふんばりして、県内に四つしかないうちのひとつである、わが家の洋式水洗トイレの掃除をしようとしてくれた。

そのさい、貯水タンクのストッパー機能であるフックが何かのはずみでおかしくなったらしく、タンクの水が止まらなくなり、タンクの蓋《ふた》をみどりちゃんがあけると、いっそう水の勢いが増して、タンクから水があふれてきたのだった。

「お便所の水が止まらへんて？（水が止まらないですって？）」

私は自転車置き場でガチャンと自転車のスタンドを立てた。

「水が〜、水が〜」

みどりちゃんの顔は青ざめ、口調はしどろもどろ。私はカゴから夏の日に得た宝物二冊を取り出すのも忘れ、トイレへ直行した。みどりちゃんは便所タワシを持って、私の後ろからオロオロとついてくる。

「わあ、ほんまや」

タンクからどんどん水があふれ、トイレの床が水びたしになっている。ザアザアザア。音も派手だ。このままでは洗面所から台所へと水がおしよせそうだ。

「どうしょ、どうしょ」

みどりちゃんは気が動転している。

「そやなあ、どうしたらええやろ」

私は、いやに落ち着いている。

人というものは、片方がアセると落ち着き、片方が落ち着くとアセるものらしい。

(あれは?)

便座の後方に、栓っぽいものがあるではないか。

(あれをひねってみたらどうやろ)

あてずっぽうで思い、私ははだしでトイレの奥に進んだ。

たかがトイレなので「奥に進む」というほどの広さではないのだが、みどりちゃんの様子が、「だいじょうぶ?」と可憐にふるえる細川千栄子《ほそかわちえこ》の漫画のヒロインのようだったので「奥に進む」という気分になった。

ギチ。

栓をひねった。

ザアという音が大きくなった。

「きゃっ」

と、みどりちゃん。

キュウゥ。反対の方向にひねった。

すると水が止まった。

「ああ〜」

私の胸に倒れこんできそうなみどりちゃんである。

「ああ、そやけどそやけど、水は止まったけど、お便所が使えへんやん、どうしよ」

「どもないがな。床から水がひいたらトイレには入れるし、水を流すのは、バケツにお風呂場の水道から水をくんで流したらええやん」

「あっそうか、そうしたらええか、すごいな」

雲が飛びパッと陽《ひ》が射《さ》したようにみどりちゃんは表情をかえた。

私たちは足を拭《ふ》き、手を拭き、ともかくもちょっと落ち着いた。

そこに父親がいつもよりずいぶん早く帰ってきた。

このときだ。ここが肝心だ。

この日、ここで、私は父親に対して、「ものすごく非日常的に」接した。

日本には二種類の子供がいる。一つは、自分を養ってくれている家父長に向かって「ちょっとパパ、なにそれ、ダサいネクタイ」「もうお父さんたら、いいからあっち行っててよ」等々の言葉づかいができる子供。もう一つはできない子供。私は後者である。

よって、父親に何かを告げたり、事情を説明したり、ものを頼んだり……とにかく父親と何かしゃべるということは重圧であった。

それが。

それが、この夏のこの日は、ごくすんなりと、ただ、これこれしかじかであったと口や舌が動かせた。

すると、なんと父親も、この夏のこの日は、ただ、ふむふむそうかと聞いて、電話帳を調べ、しかるべき業者に電話をしただけだった。いつもなら、ただこれだけの結果にたどりつくまでに、子である私は父親から罵倒されなくてはならないのに。

電話のあと、すぐに業者さんが来た。

トイレはほどなくなおった。

ごくふつうに父親に事情を話せ、ごくふつうに事柄が片づいたのである！

ウィルデンシュタイン夫人のような父親とマイケル・ジャクソンのような母親に、子供は私一人という家。これは「変人の強い大人2vs.弱い子供1」の構図である。家の中では私は多勢に無勢なのである。

父母はべつに私を、それこそ昔の少女漫画のママチチ、ママハハのようにいじめるわけではない。だが変人なのだ。狂おしいのだ。それを凡庸な子供一人で相手にするのは……、とても大変なことだった。

なのに！

なのに、この夏の日の、このときは、まったくいつ、も、と、ち、が、っ、たのである。業者さんが修理してくれたので、トイレもほどなく使えるようになり、そこに母親が、彼女もまたいつもより早く帰って来た。

「みどりちゃん、今日はうちで晩ごはんを食べて行きいな。今日はびっくりしてしもたやろ」

母親が言った。

みどりちゃんは、ハプニングのショックでまだちょっとポーッとしていて、反射的に首を縦にふった。

私は小躍《こおど》りした。晩ごはんのときにもみどりちゃんといられるのだ。

そのうえ、この日の夕飯は私の大好きなピーマンの炒めものだった。

「蒟蒻《こんにゃく》を一緒にいれて炒めるとおいしい」

みどりちゃんが母親に教え、ふたりはいっしょに、使いにくい豪儀な台所で料理を作った。私もピーマンを洗って種をとるのを手伝った。

できあがった料理がテーブルにならぶと、いつも豪儀に陰気だった食卓は、この日、いつもとはうって変わった。

食事のあいだじゅう、ずっとあふれたのだ。笑い声が。

この日の水洗トイレのタンクの水のように、とまらずに。

父も母も、みどりちゃんも私も、まるで『江戸っ子ハッちゃん』※の家族のようによく笑った。

笑いながら、「ボリューム」という英語を、この日私はおぼえた。

業者さんがトイレの水あふれについて、「強い力がかかり過ぎると、こうなる」と説明したらしい。

「みどりちゃんがボリュームがあるさかい、強い力がかかったんやろ」

と、父が冗談で言った。

みどりちゃんの太めの体格のことを「ボリュームがある」と婉曲《えんきょく》表現をしたのである。京滋地方の人がよくする意地の悪い婉曲表現の気配は、このときにかぎっては皆無だった。まさしく親愛の情だけがあった。

（ボリューム……）

ふうん。私はこの英語を復唱した。

みどりちゃんは、晩ごはんを食べ終えて、帰りまぎわ、またトイレのことを謝った。

「なんでもないことや。みどりちゃんのせいやない」

気難しい父親が、鈴原研一郎《すずはらけんいちろう》※の描く鷹揚な大学教授のような横顔を見せた。

「そうや、気にせんといて」

夫のそばにいるときはいつも眉間に深い皺を刻んでいる母親が、谷悠紀子《たにゆきこ》※の描く和装のママのような微笑《ほほえ》みを浮かべた。

その夜、私は、増村さんのように静かにベッドに入り、みどりちゃんのように明るく伸びをしてから、ボリュームのある深い眠りについた。

「少女フレンド」と「マーガレット」は自転車のカゴに入ったまま、一夜を越した。

※翌日に、みどりちゃんといっしょに読んだ。

「ほなな（＝そしたらね）」

「ほなな」

翌日は、晩ごはんを食べずに、みどりちゃんは帰っていった。

その後、みどりちゃんに会うことはもうなかった。

増村さんにも。

２０１４年の現在に至るまで。どうしているのかさえ、わからない。

なぜ彼女たちがわが家に通って来ていたのかがわからぬように、人口三万余の小さな市でなぜふたたび会う機会がなかったのかもわからない。

「増村さんはどうしてはるの？」

ナチュラルな口調になるように、事前に何度も何度も練習して、父に問うたことがある。

「その人はだれだ」

父は激怒した。本当におぼえていなかったのか、それとも私の質問が煩《わずら》わしかったのか不明である。

「みどりちゃんはどうしてはるの？　にぎやか町のどこらへんの家やったの？」

同じように母にもリサーチを試みたことがある。

「へえ、みどりちゃん？　そんな人、知らんわ」

みどりちゃんに夕食を勧めた年の二年後だったが、母は心からおぼえていなかった。

またくりかえす。彼らは実に変人だった。子供の疑問を頭ごなしにつっぱねる変人の反応だけを受けて、たかが小学生が増村さんとみどりちゃんに再会する方法をどう思いつけただろう。

「ほなな」これが最後に、わが家の食卓に笑いをあふれさせてくれたみどりちゃんと交《か》わしたことばだった。

また会えると思っていたのである。また会えるとしか思ってなかったのである。人の縁のはかなさについて、はかないものだと学習する機会さえまだない、幼い小学3年生であった。

水洗トイレにトラブルが生じると、私はいまでもみどりちゃんを思い出す。二冊もの少女漫画と笑った食卓、ボリューム満点の夏の日を。

※ウィルデンシュタイン夫人……実在のアメリカ人。現在も活躍中。美容整形を際限なく繰り返していることで有名。大衝撃の画像はインターネットで山のように出てくる。

※当番み……西谷祥子《にしたによしこ》『レモンとサクランボ』の中で、キャンプ（林間学校）に行くシーンあり。食事当番が味噌汁を作る。「うまいなあ、当番みはなんだ？」というふきだしのネームあり。「当番、（味噌汁の）み、は何だ？」と先生が訊いたネームだったのだが、「当番み」は何なのかと訊いたように読めて、「はて、〝当番み〟とは何なのか？」とわからなかった。

※カマプロ……今村洋子《いまむらようこ》と今村ゆたかの姉弟は、ふたりとも漫画家で、ふたりともホームドラマを得意とした。今村洋子の代表作は「りぼん」連載の『チャコちゃんの日記』。これはテレビドラマになった『ケーキ屋ケンちゃん』シリーズのそもそもの始まりである『チャコねえちゃん』『チャコとケンちゃん』のシリーズの原作漫画とは別もの。

姉・洋子は集英社、弟・ゆたかは講談社、という分担だった感がさいしょはあったが、１９６７年時には、姉・洋子が『江戸っ子ハッちゃん』を「少女フレンド」に連載中。

夏休みに「チバ（千葉）に行く」かどうかでもめる回があった。だれかが「カマプロ」からスカウトされる回も。「カマプロ」は、当然、実在の芸能プロダクションである「ナベプロ」をもじったものだと、大人になったらわかったが、当時は「カマプロ」というのが何のことかわからず、カマプロからスカウトされるということ自体が何のことなのかわからなかった。

※ダイヤモンドゲーム……ダイヤブロックとは違う。ユダヤの星のような形が盤に描いてあるボードゲーム。赤・黄・緑に分かれて、向かいの同色陣地に駒を移動させる。

※江戸っ子ハッちゃん……※カマプロを参照。

※鈴原研一郎……代表作「それいけマリー」など。

※谷悠紀子……代表作「かあさん星」など。

※自転車置き場で一夜を明かした「少女フレンド」には杉本啓子《すぎもとけいこ》が『空からこんにちは』を、「マーガレット」には望月《もちづき》あきらが『チーとばかし困ったヤツ！』を連載していた。

# PART II

# 巨乳と男

# 巨乳と男

ブランチのあとのテラスで、妻はインドネシアから空輸したライチをつまんでいる。上半身を、テラスの手すりにゆだねるようにして。

私はテラスには出ない。テラスへ出る手前に置いたシェスタ・ベンチにこしかけている。わが家は高台にあるのでテラスは見晴らしがよすぎていやだ。展望レストランもごめんだ。透明エレベーターも東京タワーも、むろんスカイツリーも。

五月の風はみどりに吹き抜け、裾長のキャミソールドレスがやわらかにうねる。妻のむきだしの腕、むきだしの肩はなまめかしい。指でちょっとひっかければ切れそうに細い紐に吊るされただけの布でおおわれた胸もとは、むうと盛り上がっている。

妻の肌は白い。唇は赤い。玉虫色に光る口紅を塗っている。それはぽってりとした唇を、さらに艶《つや》めかせる。

「あなたも召し上がったら」

手すりぎわからこちらへ移ってきた妻は、ライチの皿を私に差し出してくる。私はひとつだけつまむ。

ライチが好物である妻は、とくに、長々と入浴したあとにそれをテラスで食べるのが好きである。

入浴後だというのに口紅を塗ったのは、今夜行くことになっている集まりのために、なんとかいう化粧品メーカーの新製品の色みを試したのだそうだ。

「ライチはおいしいわね」

妻は自分では皮を剝《む》かない。手伝いの者に剝かせて皿に盛ったライチを、金のスプーンで掬《すく》う。妻の爪は、桃の花を水銀で溶いたような色に染められ、極小の星のかたちをしたラメが貼り付けられている。人指し指に一つ、中指に二つ、薬指に三つ、小指に一つ。ネイリストの根気に私は敬服する。

「おいしいけれど、種があって食べにくいのが難点ね」

ライチからあふれた汁が唇を濡らし、妻は舌の先を蜥蜴《とかげ》のように出して、ゆっくりとぬぐう。染料の化学的精緻をもってあざやかに発色させた唇を、粘膜の色をした有機の舌が這《は》うさまは、なまめかしい。それを妻は熟知している。結婚前の食事のとき、このしぐさは私を何度も攻撃した。

「あなた、今夜は早めにしたくをなさっておいてね。いつも出かけるまぎわになってあわてるのは――」

わたくし、いやだわ――と、妻は言う。自分のことを彼女は「わたくし」と言う。文字にするなら。だがじっさいには「あたくし」とチイプに発音されている。

その自称は妻によく似合っている。埼玉の坂戸《さかど》市で母親の営むスナックを――飲み屋というより、昭和らしくスナックというほかにない店を――中学生のころから手伝っていた境遇から美貌だけで這い上がった女に。

ブルネットに染めた長い髪。束ねずにゆったりとおろしている。大きな縦ロールにパーマネント・ウェーヴがほどこされている。二日に一度、妻は美容院へ行く。三日に一度、エステティック・サロンに行く。ほぼ毎日、贔屓《ひいき》にしている服屋に顔を出し、隔週に一度、そこで洋服を買い、月に一度、靴を買う。

私の妻は、とても美しい。そして金がかかる。

「大使もお見えになるんでしょ、今夜は？」

われわれ夫婦は、午後七時から、イギリス・イタリア合作映画の特別試写会とレセプション・パーティに行く予定でいる。

「そう聞いている」

　小さな子供が主役の映画に、私は興味がない。妻は、映画全般に興味がない。安《あん》
西大使館員《ざい》にも興味がない。大使も来るような催しだから行くにすぎない。

「瀬川《せがわ》さまはもちろんお見えになるのよね？」

「そりゃ、そうだろう」

「奥様のほうよ。このあいだ再婚された、十七歳年下の」

「夫婦で出席すると電話があった」

「どうしようかしら。あたくし、ベビーピンクのドレスにするつもりでいたのだけれど、あの奥様がいらっしゃるんじゃ、歳に不釣り合いかしら」

「そんなことないよ」

私は婦人服に細かな注文をつけはしない。それを知っているが、妻はいちおう訊《き》くのである。

「ニナ・リッチだからピンクといってもシックにしあげてあるからと思っていたのだけれど、やめたわ。紺色の膝丈《ひざたけ》のカクテルドレスのほうが試写会には向いてるんじゃないこと？」

「いいんじゃないか」

妻は何を着ても似合う。というより、自分に似合う服を知っている。鳴るように膨《ふく》らんだ乳房と臀部《でんぶ》と、ハチのようにくびれたウエストを強調した服をいつも着る。そしていつもその服は、集まりに出席した男たちの垂涎《すいぜん》の的《まと》となる。服ではなく、服が強調する肉体は。とりわけ繊維を弾《はじ》きとばしそうなたわわな乳房は。

《いやいや、加藤《かとう》さん、うらやましいですな。あのような奥様をお持ちになって》

結婚以来、私は男たちから言われつづけている。金持ちの集まりというものは虚栄の市《いち》だから、口に出す者は少ない。だが、彼らの視線が声高に語る。うらやましいと口に出す正直な助平が、私は好きだ。助平たちはいつも本質を突《つ》く。そんな輩《やから》と話しているのはたのしいし、妻を見るときの、あの露骨に卑《いや》しい目つきこそ、私への賞賛である。ライスシャワーである。

「じゃあ、あたくし、そろそろしたくをしないと……」

妻はサンルームを出て行った。たまの休日の夜にレセプションなどに行かねば「ならない」のはぞっとしないが、そうした集まりもまた仕事のうちなのだから、今日が休日だと思わねばいいのである。

私は新聞を拾い読みしたあと、うつらうつらと、寝るともなく起きるともなくシエスタ・ベンチでボートを漕《こ》いでしまった。

妻とは結婚三年目に入《はい》った。私が不在がちなことがかえって二人のあいだを新鮮にしている。多忙が幸いしているといったところか。

子はいない。私のせいだ。若いころに検査をした。事業は甥《おい》に継がせるつもりでいる。

五十一歳でも、猟色《りようしよく》と美食にかけては二十八の甥にひけはとらない。だが自然な予想として、私のほうが妻より早く死ぬ。妻の卵子と甥の精子を合体させ、だれかを金で雇って注入し、出産させ、私の死後は、妻と甥が再婚してその子を引き取ってくれないかと願う。妻には出産などをさせたくない。この願いを変態性欲的だと感じるのは貧乏人だ。財産のある種族は、まず莫大な金の引き継ぎを主目的に結婚をするのである。

妻は三十七歳だが二十六、七に見える。この一月にこめかみだかどこかをちょっと切って皮膚をひっぱりあげ、皺を取る美容手術をした。くっきりとした二重《ふたえ》まぶたにする手術は、結婚前、私と知り合う前にすでにしていた。

二重まぶたの手術をしたのよ、と結婚前に妻から打ち明けられていたわけではない。今夜、これから行こうとしているような集まりで偶然知り合った美容形成医がぽろりと洩《も》らしたのだ。結婚して二年目の去年のことだった。

私にとってあまり朗報ではなかった。だが、二重まぶたの手術をせずとも、女性たちは目のまわりにアイシャドーだのアイラインだのアイテープだのマスカラだの、さんざんに化粧するし、その美容形成医の話によれば、芸能人は女性だけでなく男性も、顔の骨を削る手術をするという。
《奥歯を抜くんです。下の左の奥歯を二本、右も二本。上の左を二本、右を二本。あわせて八本抜く。抜いておいて、それから……》
形成医は自分で自分の下唇をひっぱりながら言った。
《ほら、この、ここんとこ、あるでしょ。ここんとこ、ほら……》
べろんと下唇をひっぱり、
《ほら、この下の歯茎と、下唇のあいだを切って、ここからドリルを入れて顎《あご》から頰《ほお》にかけての骨をガガガッと削るんですよ。そうすると、歯を抜いたぶんと、骨削りしたぶんとで、顔の皮膚がたぷつく。そこで、髪の毛をツイと分けて、頭の皮をちょいと切って、グイッとひっぱりあげると、顔が小さくなると、まあ、こういうしくみです》
わっはっはっはという彼の哄笑《こうしょう》がいまでも私の耳に残っている。
妻はそんな大がかりな手術をしたわけではないのだ。そんな改造手術ではなく、二重にするくらいなら、アイシャドーやマスカラをするようなものである。それくらいは化粧の域だろうと。

ましてや、一月にほどこした皺とり手術にいたっては何の異存もない。もとの顔の造作を変えるわけではないのである。白髪《しらが》がめだつようになったからと髪を染める女性を、やめろと叱る男がいるだろうか。虫歯になった歯に金属を埋《う》める行為を、だれが誇《そし》るか。

私は、くだんの形成医に自ら電話をかけ、診察や手術日のアポイントメントをとってやったくらいである。

貧乏人は贅沢《ぜいたく》ができない。金があれば贅沢ができる。私にはある。贅沢をしていいのである。私が晩婚だったのは容貌のすぐれた妻が欲しかったからで、妻が晩婚だったのは、頗《すこぶ》るつきの贅沢な暮らしをさせられる力のある男をさがしていたからである。

＊＊＊

試写映画はやはりつまらなかった。女性たちはのきなみすすり泣いていたが、彼女たちは、内容にではなく、子鹿のバンビのような顔をしたまつげの長い男児の容貌に感傷を刺激されたのだろう。

　妻は金のかかる女であるが、無益に泣いたりしない。何時間かかけてしたくした完璧な化粧が崩れぬよう、スクリーンを見つめながら、終演後のレセプションで話題が映画にいったときの短い感想をまとめていたにちがいない。

「きれいな水だけでなく、きれいな映画や音楽は、きれいな肌を保ちますわ」

　妻はシャンパングラスを片手にそう言ってほほえんでいる。きれいな肌を保つのは何よりも金であることを知りながら。

　妻のほほえみの前に、安西大使館員とメンデルホール駐日大使は鼻の下をのばしている。ウェル、ウェル。よだれをするようなその相槌《あいづち》は私のプライドをくすぐる。

　妻は今夜、肩も腕も露出させない、長袖の、インクのような紺のドレス（注／ワンピースのこと）を着ている。膝を隠す長さがあり、首の下もぎゅっとつまっている。長い髪も今宵《こよい》は束ねている。

「三国の文化のために」

　われわれは、互いにグラスをかちんとぶつけあった。

シャンパンが、妻の、反らせた白い喉を通過してゆく。シャンパンの行方を追う男二人の視線が、妻にそそがれる。

腕も隠し首も隠し脚もほとんど隠したインク色のドレスは、しかし伸縮性のある光沢布である。それは妻の肉体にはりついて、会場の照明の当たり方によって、妻の裸体のシルエットを如実にする。しかも、首のまわりはつまっているが、胸部の中央がダイヤ型にくりぬかれている。インク紺。白いくりぬき。夜空の月のように、乳房のもりあがりが目立つ。

「あら加藤さま」

声をかけられた妻がふり向く。

「あら加藤さま」

またふり向く。

彼女が自分たちを見ていない隙を得るたびに、外交官たちはパンティのラインのない臀部に視線をそそぐ。

私は妻の身になって想像し、そそがれた視線を熱く感じる。

「加藤さま、お久しゅうございますわね」

瀬川夫妻から声をかけられた。大使たちに会釈《えしやく》をし、私と妻は数歩歩いて、彼らの前まで移動した。孔雀《くじゃく》の羽のような巨大な生花の前まで。

「まあ、黎子《れいこ》さま、すてきなお洋服！」

ねえ、あなたと夫人から同意を求められた瀬川氏は、私より七歳若く、夫人は氏より十七歳若いから、彼女は私より二十四歳若い。瀬川氏は先妻を捨てるかたちで彼女と再婚した。『十七歳年下の女と再婚した』という噂は、噂という言《げん》の中では華々しい。「十七歳年下」という数字の力が。

だがじっさいには、再婚相手は、肌がくすんで縮緬《ちりめん》皺の多い女だ。白粉《おしろい》もあぶら浮きしてよれている。化粧映えのしない貧乏臭い顔だ。ずん胴で脚が短い。出っ張った膝が短い丈のドレスから出ていてみっともない。しゃべるとき、上の前歯ではなく下の前歯が見えるので、貧乏臭い上に陰気臭い。実年齢は妻より下でも、見た目は妻よりずっと上に見える。

「着こなすのが難しいデザインですのに、さすがですわ」

会うのは二度目なのに、瀬川夫人は妻の着こなしをいつも見ているかのようなもの言いをする。ふむ、いつも見ているのだろう。妻は婦人服飾雑誌の取材をしじゅう受けるから。

着こなすのが難しいデザイン、という形容には険《けん》がある。ダイヤ型に胸部をくりぬいてあるのを批難している。

「さきほど大崎《おおさき》さまがいらしてたと思ったんですが、お会いになりました？」

瀬川夫人は、私も妻も知らぬ名前を出してきた。

「オオサキさま？」

「ええ……。黎子さまはもちろん、お歳よりもずっとお若く見えますけれど、あちこちの集まりなどで伺っておりますが御生年からしますと、たぶん東洋の御同窓ではないかと……」

してやったり。まさしくそんな表情が、瀬川夫人の貧相な顔に浮かぶ。

雑誌から取材を受けるほか、TVのファッション番組にも時々ゲスト出演を依頼される妻は、プロフィールが「東洋《とうよう》女学院卒」となっている。小学校から大学まであるこの女子学校は、十年ほど前のバブル景気のころに、夜間セミナーを開設した。『生涯学習に向けて、女性のいきいきライフのために門戸を開放します』というのが開設の謳《うた》いで、いわゆるカルチャー・センターだ。

《東洋に通いましたの》

そう言いたくて、妻は、六本木のクラブで働いた金で受講料を払った。

不正か？　妻以外の受講生は「女性としてのいきいきした人生」を学ぼうとして

いたか？　もしそうなら、放送大学なり通信教育なりで学べる。いや、図書館に通って読書すればただで学べる。いくらでも方法はあろう。それをわざわざ東洋女学院が開く夜間セミナーをチョイスしたのは、妻と同じ理由であり、妻は自分の気持ちを正視しただけである。妻は私に学歴を詐称しなかった。夜間セミナーであることと、そこに通った正直な理由を語った。

「そんなことはまったくかまわない」

彼女よりも八センチ背が低く、十キロ体重の重い私がそう言うとすぐ、彼女はつきあっていた数人の男を捨てた。

妻は「東洋女学院大卒」と言っていない。「東洋女学院卒」と言っている。セミナーの全過程はちゃんと履修したのである。

だが瀬川夫人は、己の東洋女学院大卒の卒業証書と、妻の高校中退を比較したいのである。この比較が、己のガニ股と、妻の脚線美を比較するのと同じだとは気づかずに。

私はスノビッシュな贅沢を愛する。だがスノビッシュな虚栄を嫌悪する。スノビッシュな贅沢は気分を明るくするが、スノビッシュな虚栄は気分を退屈にする。

シャンパンはうまいか、瀬川夫人？　目隠しをしてヴァン・ムスーと区別できるほど？　私はできない。金に不自由したことがなくても。だから、発泡ワインは高ければいい。装身具は有名なブランドならいい。大勢の人間が「まあ、すごいわね」と「わかる」から、自分も贅沢をしているのだとわかるのである。

私は贅沢を愛するが、贅沢な人間ではないのだ。贅沢な人間は、自分の舌や頭や感受性で、食べて飲んで考える。贅沢な人間でないから、貼り紙（ラベル）に金を払って、せめて贅沢をするのである。私は俗物だ。

してやったりの顔で、瀬川夫人は妻にせりよる。

「東洋女学院大ご出身の大崎昌子《まさこ》さま、御同窓じゃございません？」

「いいえ。存じあげませんわ」

妻は少しもたじろがず、瀬川夫人ではなく瀬川氏のほうを見つめ、顎をあげ、グラスを口に運び、大きく傾けた。シャンパンを呑み込むさい、ダイヤにくり抜かれた布からもりあがる柔肌が、どっくん、といっそうもりあがった。

瀬川氏のグラスはすでに空だったが、氏は喉を、ごっくん、と鳴らした。

瀬川夫人の鼻の穴がふくらみ、目がつりあがり、瀬川氏はばつが悪そうにした。

＊

妻の父親は、坂戸市でタイヤ屋をしていた。酒で身体を壊し、母親がスナック、、、、を出した。スナックを出す資金は、夫のタイヤ屋によく来ていた客の男から借りた。寝て借りた。母親の店を手伝っていた、当時はまだ中学生だった娘の尻を、その男は何度もさわった。高校生になると胸を摑《つか》むようになった。母親はヒステリーをおこし、女子高校生は学校を中退し、家を出、東京で一人暮らしをはじめた。

《いやらしいお店に勤めていらっしゃったんですって》
《なんでもその、御自慢のものを売っていらしたんですって》
《まァ、だからそのご自慢のものがよく見えるようなお洋服をお召しになるのね》

スノビッシュな陰口は、スノビッシュな贅沢についで、私が好むものである。それは猟色《りようしよく》の最高の肴《さかな》となる。

明治大正のころでもあるまいに、現代の東京で十七の娘が暮らそうと思えば、べつに春を鬻《ひさ》がずとも、いくらでも職はある。妻はウエイトレスをしたあと、酒を出す店で働いた。店は頻繁に変えた。変えるたびに高い店になった。容貌がきれいだからである。《おや、あれは？》と必ず客の目につく。目につくから化粧も着こなしもうまくなる。よけいに美貌が磨《みが》かれる。磨かれた美貌には店主も高給を承諾する。高給を得ればまぶたも二重にできる。化粧がいっそう映《は》える。いっそう美貌が磨かれる。いっそう高給を取れる。

働いてはしばらく休み、また働いてはしばらく休む暮らしができる。目立つ女がいなくなれば、いなくなったことが目立つ。《あれ、どこへ行った？》と客は尋ねる。《さあ、気まぐれなところがあったから》と、尋ねられた者は乏しい語彙《ごい》で答える。いなくなった女に一種の神秘性がただよう。《いったいどうやって暮らしている女なんだ？》と気になってならなくなったとき、貯金を遣い果たした女が現れれば、客と店の女としてではなく、プライベートでつきあいたいという欲求が一気に涌《わ》く。

こうして、複数の財力のあるボーイフレンドたちと、束縛されぬよう絶妙の距離を保ちながら同時につきあっていた彼女は、私とめぐりあい、私の妻となったのである。

妻と瀬川夫人に差異があるだろうか？　衣食住費、学費等々、父親の金をどんどん遣い、父親の金で東洋女学院大卒になれ、財力のあるボーイフレンドたちと、そのときそのときはひとりを相手でも、年月のあいだには複数と距離を保ちながらつきあい、最終的には自分より十七歳年長の、財力のある瀬川氏の元妻を蹴落として再婚した瀬川夫人と、私の妻に、そう差異はないだろう。

あるとすれば顔と身体。瀬川夫人は妻より美貌を大きく欠く。だからこそ、瀬川夫人は、聞こえよがしで露骨な厭味《いやみ》は口にしない。退屈な女だ。

《加藤家とは釣り合いがとれないいんじゃやないの？》

《金目当てでしょ、どうせ》

こうしたスノビッシュな陰口を聞こえよがしに叩くのは、そこそこにきれいな女である。

「金目当て」、この陰口は私をぞくぞくさせる。「てめえら同じ穴の狢《むじな》だぜ」と。狢の同じ穴を突き刺してやりたくなる。

私は想像力が逞《たくま》しい。

《どうせ金目当てでしょ》と口許を扇で隠しておほほととりすまして笑う女が、私の前で、その女が狢であることをいやというほどわからせられる行為をしているところを想像できる。想像するとぞくぞくする。

妻は私に、ねえあたくしを愛していらっしゃるかなどと問わない。愚問だ。夫婦間の愛について考えるのは貧乏人のすることだ。その結びつきに合意することで得られる、結びつく前より大きな利益。それを金のある人間は考える。それが金のある人間の結婚だからだ。

私には金があり、妻には美貌がある。結びつけば、結びつく前よりも利益がある。仮に妻が私を好んでおらずとも、私の財力はこのうえなく愛しているのだから、私は妻を、生活保証という名分で買ったのだ。買われたくせに、会話だのコミュニケーションだの、それに愛情などを要求してくる醜女《しこめ》より、ただ美容代と装身具のみをねだる美女のほうが、慎《つつし》み深い。

私は旧弊で横柄な考えをしている。

《そんなだから嫁の来てがないのさ》

たとえば、今、私の前に立っている瀬川氏などは、以前、こう言って私をたしなめたことがある。瀬川氏以外にも、似たようなことを言った者は大勢いる。

私をたしなめた男たちは嘘つきだ。私はかれらより正直なだけである。私は経済力(金)を得るために社会で働いているのだ。休む場所である家では主人として君臨していたい。この要求がそれほどエキセントリックだろうか。

「ちょっとだけ、場所を変えませんか?」

安西大使館員がふたたび私に近づいてきた。メンデルホール大使がぜひ、妻と別の場所でゆっくり話したいようすであると館員は耳打ちしてくるのである。

「ほう、ミスター・メンデルホールが人妻を御所望されたか」

瀬川氏は耳聡《ざと》く聞きつけ、下卑《げび》た揶揄《やゆ》をすることで、上品を保った。

「名画をもっと存分に鑑賞したいという意味ですよ」

安西館員はあわてた。あわてて、私の妻だけを「名画」と呼び、瀬川夫人を傷つけた。

「瀬川さまの奥様にも同席していただければ、ミスター・メンデルホールももっとおよろこびになるでしょう。一枚だけの美術館はさびしいですから」

さすがに外交のプロフェッショナルは機知にたけている。安西館員は即座に自分の失点を補った。瀬川夫人の傷ついたプライドはなんとか癒《い》えた。

「わたくしは御遠慮して、先に帰りますわ。みなさまはこのあともゆっくりなさっていかれればよろしいわ」

「まあ、奥さま、いっしょにいらしてくださらないと……。二十代の女性をひきつれていけば安西さまは鼻高々ですわ。あたくし、外国のことばは苦手ですの。御堪能な奥さまがいっしょにいてくださらないと困りますわ」

「いやだわ、わたくしはかろうじて二十代だというだけで……」

瀬川夫人の傷は完全に癒えた。

「じゃ」

安西館員は「別の場所」に向かうべく先頭に立った。

「最上階にバーがあるでしょう。そこにまいりましょう」

「あのガラス張りの？」

私は歩《あゆみ》をとめた。

「そうです。窓際の最高の席をとりました。あのバーは人気があっていつも混んでいます。とくに、ほらバルコニーのように突き出た三面ともガラス張りの席、あそこはまずとれないんですが、今日は特別に……」

三面ともガラス張りのバルコニーのような席？　このビルにあるバーにかぎらず、高層階にある店になど私は行かないが、すぐに想像がつく。想像しただけで大腿《ふともも》の内側がすーっと寒くなる。

「どうしました？」

両の踵《かかと》を床にぴたりとつけたままの私を、瀬川夫人と館員が怪訝《けげん》そうに見る。私の性癖を知る瀬川氏は、やれやれという顔をしている。妻はうふふと笑っている。

「主人は高いところが嫌いですの。でも、だいじょうぶよ、あなた。あなたは窓から離れておすわりになればよろしいわ」

　妻に腕を組まれ、しぶしぶ私は最上階へ行った。

＊＊＊

　三十二階にあるバーは、ほの暗い照明である。コの字に席の三方を囲ったその窓のガラスは、天井から床までの大カットのもので、よって本当に、そこだけ夜空にぽっかり浮かんでいるような錯覚を与える。こんな怖ろしい席でとてもじゃないが酒など飲めない。

　窓から離れた席の椅子を、私はボーイに頼んでさらに窓から離してもらった。

「そんなに離れてしまったら、話しづらいじゃないですか」

「いやいや、私はここから見ている役にさせてください。お気になさらず」

　館員に私は言った。一行は、メンデルホール大使を中心に英語で談笑している。レセプション会場からこのバーに移動するあいだ安西館員と話していた妻は、ほほえんでいるだけで座の花である。移動中に仕入れた妻の話を、館員が通訳しているのだから。
わが社のビルの社長室でも私が机を部屋の中央に置いていること。社長室に訪れた妻が、私をあわてさせようとわざと窓辺にすわること。すわるだけではなく、なかば寝そべるようにガラスにもたれて私の血相を変えさせたこと。それをよけいにおもしろがったこと。館員は表現力豊かに巧みに英訳している。『ミスターカトウが青ざめて冷汗を流しておられるのを尻目に、ミッシーズはプレイメイトよろしく、窓ガラスにへべれけふうにもたれかかり、おみあしを大きくくみかえてですね、しかも、そのときのミッシーズのいでたちというのが、エレガントではあるんですが、その……、そのエレガントな服の下はですね、えー、その、シャネル№5だけよと、かつて答えたマリリン・モンローと同じで……その、おわかりいただけましたか、よかった、そのような状態でしたので、おみあしを大きくくみかえるたびにその……なので、ミスターカトウは青くなるやら赤くなるやらでたいへんだったとか』
オウと感嘆と笑いが座に満ちる。瀬川夫人は、私があわてている様子を想像して笑っているだろうが、ほかの男たちは、妻の、大きく脚をくみかえた、その大腿や、大腿の奥を想像しているにちがいない。
「うふふ」

妻は立ち上がって窓にもたれてみせた。

「ああっ」

私は思わず声を上げた。

割れる笑い声。

「やめてくれよ、たのむよ」

私はうつむき、窓のほうを見ないようにする。

『かわいそうだから、すわってあげたほうがいい。ほら、ミスターカトウ、もうだいじょうぶだ。あなたの美しい人は席にもどりましたよ』

メンデルホール大使は、私のとなりに移ってきて、欧米の人間らしく大きな動作で私の肩を叩いた。

『高所恐怖症ですね』

『飛行機には乗れますから、強度ではないと思うのですが』

『飛行機も窓際の席はだめでしょう？』

『ええ……下のほうに景色が見えるのがどうも……』

『想像力ですね』

イッツ、イマジネーション。大使は言う。

『高所恐怖症の人は、想像力があるんです――』

　窓や手すりにもたれるとき、七割ほどの人間は「だいじょうぶだ」と信じていて、そこで終わる。しかし、三割ほどの人間は「もし、これが折れたら」「もし、これが割れたら」と想像をめぐらせる。割れるかもしれないと疑うというより、「もし折れたら」「もし割れたら」という想像をめぐらせるから怖いのだと大使は言う。

『……ありありと想像できるのです。だから怖いのです。想像力の乏しい人間はそこまで見えない。見えないから感じない。あなたは豊かな人だ、ミスターカトウ』

　これを欧米式のポジティヴ・シンキングというのだろうか。ものごとのいい面に必ず目を向けるのは。

　メンデルホール駐日大使は、瀬川氏には、

「やまとなでしこの女性と結婚されてうらやましい」

と日本語で言い、それからまた私にもうらやむと言った。

　そして安西館員には目配せして言った。『あんな妻なら夫は毎晩、タイガーになれることだろう』と、コックニー方言で。そのときは聞き取れなかった。帰途につこうとしたときに、安西館員は私にだけ小声で教えてくれたのである。

＊＊＊

タイガーではなく豹《ひょう》の毛皮がカウチにかけてある寝室。就寝前にはふたたび入浴する妻が、長湯でほてった身体をここに横たえるのを好む。

特別に作らせたクリスタルのアロマ・ランプはイランイランの香りを、そこはかとなく、だが、寝室中にただよわせている。低くながれるロッシーニとイランイランの香りは、私の首や腕、下腹部や喉にからみついてくる。濡れた髪のように。

バスローブをまとってベッドのへりにこしかけた私は、思い出すまいとする。少年の日を。

きぬえ。

思い出すまいとして、思い出す。字は知らない。きぬえという名の手伝いの者が、家に住み込んでいた。

止《よ》そう！　妻が浴びているシャワーの音に注意を向けるのだ。流水は今、妻の身体のどこを弾《はじ》いているのだろう。長い髪をたくしあげた妻のえりあしを想《おも》おう。贅沢というあぶらを塗ったような肌を玉になって流れてゆく湯。

湯けむりの想像の中で、私は妻に、大きなゆで卵のような尻をくねくねと左右にふらせてみる。そうだ、その調子だ。もっと淫蕩《いんとう》に尻をふれ。私は妻の高慢ちきに輝く外見だけを愛していればよいのだ。ゆで卵。きぬえはよくゆで卵を内緒で私にくれた。半熟はよくないと母親が禁止していたが、私は半熟が好きだった。生に近いような半熟が。ぷるぷるとした白身と、とろーりとしたあの感触。私は妻に尻をふらせる。ぴちゃぴちゃと濡れた音がする。きぬえと聞いた。夏祭の夜。

私は兵隊のように細長い鉄砲を肩にかけ、引き金を弾《ひ》いた。番号の書かれた的《まと》が倒れると、同じ番号札のついた景品の水風船を、夜店の店主は私にわたした。《こうして指にかけるのですよ、ぼっちゃま》きぬえは水風船を私の小さな中指にかけてくれた。ぴちゃぴちゃぴちゃぴちゃ。バウンドさせる。ぴちゃぴちゃぴちゃぴちゃ。風船のなかに詰めた水が音をたてた。きぬえは笑っていた。同じ番号は赤、青、それに黄色の水風船にもついていたのに、私はただの白い水風船を選んだのだった。《好みが渋いですわね、ぼっちゃま》。きぬえは言ったが、祭りの翌々日にはもう、私はそれに飽きた。

きぬえは私が打遣《うっちゃ》ったそれを、婦人ストッキングと針金で細工して洗濯機に浮かべていた。《こうすると糸屑《いとくず》がとれるんですよ、奥様》。なんとまあと、母親はきぬえの細工に感心しきっていた。

どうしているのだろう。

きぬえはどうしているのだろう。いつ家をやめたのだろう。なにもトラブルはなかったように思うが……。おぼえていない……。

イランイランにクミンの香りがまじった。浴室においてある石鹸の香料の匂い。妻が浴室から出てきたのだ。パリで購入したキモノを着ている。西洋人の好みにしたてたキモノは、襦袢《じゆばん》のような浴衣《ゆかた》のような緋色のシルクだ。自分の妻ながらハッとして、洗濯しているきぬえが、私の頭から遠のいた。

「外国からのゲストの方へのおみやげにいいと思ったのだけど、ひとつは自分でいただきましたの」

上気した頰を豹の毛皮によせる。キモノの裾がはらりと割れる。オペラの好きなこの女は、私を昂奮させる。オペラだからオペラ好きな女は、ヴィトンだからヴィトンを好む。ロレックスだからロレックスが好きなこの女は、私の金に惚れて私をたらしこんだこの女は、よけいな飾りがなにもない。ただ美貌で淫蕩だという潔《けっ》浄《じょう》はすてきだ。勃起する。私は正直な男だ。正直に自分を見る。ただ美貌で淫蕩だという単純さにこそ牡《おす》は奮《ふる》い立つのだ。

「長くバスタブにつかりすぎてしまったわ。のぼせてしまったみたい……」

わざとらしく暑がり、キモノの合わせをチラっと開き、自分で自分を抱きしめるようにして乳房を強調する。物欲しそうなこの女の手首を、私は摑《つか》み、ベッドへ突き飛ばす。

今宵、社会で成功した男たちに囲まれ、彼らの視線でいやというほど嬲《なぶ》りものにされたこの女の、色狂いのような緋色の布を乱暴に剝ぎ、技巧的な喘《あえ》ぎ声を出させ、女に跨《また》がる。いく人もの男たちの視線のよだれで粘ついた乳房を摑む。忘れるんだ。思い出すな。私は自分に言い聞かせる。きぬえのことなど思い出すな。

だが、妻の乳房を揉みしだく私のてのひらは、きぬえと行った夏祭りでものにした水風船を思い出す。

妻を手術した美容形成医は言ったのだ。

《ま、夜店なんかによく売ってた水風船と同じですよ。中身は生理食塩水だから、もしシリコンが破れても安全です――》

と。形成医は私の性癖になじんでいた。スノビッシュな虚栄を嘲《あざけ》り、スノビッシュな贅沢を愛し、俗物であることを自認するクールに陶酔する私の性癖に。だから、私が自ら妻の皺取り手術の日取りを手配したのだと形成医は思った。だから、妻が結婚前におこなった豊胸手術のことも、私がみな知っていたものと思い込んでいた。

私は猟色を自負している。体力も、精力も。おびただしく濡れた妻の性器に私は性器を突き刺す。私は腰を烈しく動かす。今、私が、今、まさしく揉んでいるこの、男たちの助平な羨望の的《まと》のたわわな肉の、この下には、シリコンバッグがあるのだ。私が選んだ白い水風船のようなシリコンバッグ。バッグの中につまった生理食塩水。美とエロスとスノベリイを謳歌せんとするクールな私の頭には、ありありとシリコンバッグが浮かぶ。きぬえが洗濯機に浮かべて糸屑取りにしていた水風船も。汚れ物を旋回させる洗濯機でのんきそうにぷかぷか浮いていた。

もっと、もっとよ。妻のその要求に、私は応えられなかった。如実にシリコンバッグが想像できる私の性器は萎《しぼ》む。妻の落胆の息がいまいましげに洩《も》れる。

「すまない」

私は謝った。男は強くなければ。男は財力がなければ。古来の重圧と、重圧ゆえに培われる豊かな想像力は、女にはないものであるにちがいない……。

# ゴルフと整形

死ね死ね、ぱぱぱやー。

死ね死ね、ぱぱぱやー。

きょうれつなサンバのリズムに乗って、彼らはやって来る。

中原《なかはら》銀座のアーケード。プラスチックの桜もゆれる。彼らがふりまわす棒の風圧で。買い物中の市民はぎょっとして通路をあける。

んぱっ、死ね死ねっ。

んぱっ、死ね死ねっ。

腰をクネクネさせ、勝ち誇《ほこ》ったように彼らは右手を上げる。「んぱっ、んぱっ」という呼吸の合いの手が、南国の太陽のように明るいぶん、つぎにつづく「死ね死ね」の部分は暗い。髪の毛の先から爪先《つまさき》まで怒りが充満した黒い響き。

「ママ、ママ、ごめんなさい」

年端のゆかぬ子供たちは、親にすがって泣く。

「ごめんなさい。ごめんなさい」

子供たちは、やみくもに謝る。

棒をふりまわすサンバ集団の、その憤怒《ふんど》の音頭《おんど》は、耳にした者を、なにか「反省」させずにはおれない力があった。

「たくやちゃん、そうよね。たくやちゃんはいいのよ。ママが悪かったわ」

「ゆうた、いいんだ。ゆうたはいいんだ。パパが悪かったんだ。悪いのはパパだ」

子供たちを抱きしめる親たちもまた、身をふるわせて謝る。

なぜ「ママが悪かった」のか「悪いのはパパ」なのか、わからない。とにかく、リズムに圧倒されて反省するのである。

「ミキ、おれが悪かった」

「わたしを許して、洋一郎《よういちろう》」

親子だけではない。子を持たぬ若者も「悪かった。ごめんなさい」と反省する。

「なぜ、あんなことをしていたんだろう」

「わしはバカだった」

「あたしの頭がからっぽだったからだわ」

「わしの政治生命もこれでおわりだ」

「自己嫌悪で吐き気がする！」

商店のおやじや、ぶらぶらと店をひやかしていたOL、サラリーマン、保険のセールスマン、セールスレディ、市議会議員などなど、日曜日のそのとき中原銀座にいた者たちはみな、怒りの棒の動きに圧され、がくがくと反省した。

サンバの音は小さくなり、棒持つ彼らは中原銀座を去ってゆく。

彼らは思想集団であった。

五人。男三人、女二人。男はスーツにネクタイ。女もスーツにパンプス。二十代、三十代、四十代、五十代。はばひろい年代がそろっている。

彼らはみな、ごくふつうの暮らしを営んでいる。平日は仕事があるため、日曜日しか理想思想の活動はできない。

今日は中原銀座に来る前に、江陽台《こうようだい》健康の森公園と明成《めいせい》小学校前で踊った。怒りを全身にみなぎらせたサンバは、体力をはげしく消耗するので三ヵ所が限度だ。中原銀座のアーケードを抜けたところで、彼らは踊りをやめた。

「ふう、くたくただ」

汗をぬぐう五人。彼らに遭遇した者だけでなく、彼ら自身もまた疲れているのだ。

「おう。では、このあとはわたしの家でミーティングにしよう」

彼らは団長である一ツ橋《ひとつばし》の家に向かった。一ツ橋は、この集団の最年長の男である。長いあいだ練馬区で妻と大根を作っていた。おととし妻に先立たれてから「いぶりがっこ」作りをはじめ、酒を出す店などに卸《おろ》している。大根の燻製《くんせい》であるいぶりがっこ作りは、思想運動の仲間、二見《ふたみ》と共同ではじめた。

その二見が言った。

「やっぱさー、洋服がこんなだとインパクトが弱くね？ オレはべつにふだんの服装はフツーでいいと思ってるんだけど、活動のためには、もっとメッセージとしてのインパクトのある洋服のほうがよくね？」

語尾のアクセントが上る「いまどきの若いもん」のしゃべり方をする二見は彼らのうちでは最年少だ。秋田出身。

「じゃあ、二見くんはどんないでたちならメッセージがあると思ってらっしゃる？ パンクロッカーみたいなツンツン髪にしたようなファッションとかかしら？」

三奈《みな》がふちなし眼鏡のブリッジを指で神経質そうにあげる。三奈は未知代《みちよ》信用金庫石神井《しゃくじい》支店の女性支店長である。

「それもいいかな。オレなんかはさー、とりあえずさー、なんかさー、キャッチーなことっていうのがまずあったほうがいいんじゃないかなーって」

「でも、それだと、かえって意図を誤解されてしまわない？」

「そうじゃなくて個性やオリジナリティをもっと出したほうが……」

青年を制して三奈は、まくしたてた。

「個性とオリジナリティね。それは安直よ、二見くん。個性とオリジナリティと言った段階でストップしてしまう安直さに流れる危険があるわ。

そりゃあね、個性は尊重されるべきです。わたしも尊重しましてよ。でも、むかしから個性個性と言う人にかぎって、個性がないわよ。パンクロッカーって、破壊的な音楽とか言いながら、みんな保守的にみんないっせいにそろって髪の毛をキン色にしたりピンク色にしたり、そろって眉細くしたりピアスしたり。着る洋服もみんないっせいにいっしょじゃないでしょうか？

あれは個性とオリジナリティというひとことに安住してしまって、自らが自らの個性を尊重しない結果になってしまっているわ」

三奈は烏龍茶《ウーロンちゃ》をごくごく飲み、二見ににじり寄る。

「まあまあ、三奈さん。二見くん本人は、そうした『本質的には没個性』な青年なわけじゃないいんだから。ここは論点をはずさないようにしてくれよ」

四郎《しろう》が二人の間に、ずずと割り込むようにして膝《ひざ》を入れた。

「あらま、失礼。わたし、べつに二見くんを非難したわけじゃないんですのよ。わたくしは、若者にはもっと発想を柔軟にして、もっともっと個性的になっていただきたいと言いたかったんですのよ」

「わかってますよ。ほら、三奈さん、ハンカチが膝から落ちてるよ」

四郎はハンカチを拾って三奈にわたす。

四郎は医者である。大学を出たあと離島の無医村に赴《おもむ》き、そこに長くいた。実母の健康状態がおもわしくなく、ほかの兄弟姉妹もあてにならない。そこで後任医師を見つけたあと、本州にもどった。

「二見くんはいぶりがっこを都内で普及させようとがんばっている青年じゃないか。個性的だと思うよ」

茶受けに出ていたテーブルのいぶりがっこを、ぱりりと齧《かじ》る四郎。

「うーんとさー。いぶりがっこは、東京の気温だとちょっとやりづらいんだけど、オレはいぶりがっこが好きだし、みんなにももっと食べてほしいなーって思うんだ。それにねー、大根を洗って干して燻製にしてるときってさー、あれってモクモクしてて、けっこうロックだよー」

「そうだよ。自分が好きなものや、愛するもの、やりたいことが明確にわかってる人は労働もたのしいんだよ。いや、労働の尊さを知っている。若いのに二見くんはめずらしいよ」

ぽりぽりと、いぶりがっこを噛む四郎。四郎の歯の音が、一ツ橋家の六畳間に響く。

「そこはまあ三奈さんもわかってらっしゃるわよ。四郎さんのおっしゃったように三奈さんも二見くんのことを見てらっしゃるわよ」ほほえんだのは。五月《さつき》である。五月は洋服のサイズなおしの店で縫い子をしている。

「ミーティング本来の議題にもどりましょうよ。われわれの活動の服について。

わたしはね、パンクロッカーみたいなかっこうというより、もっとカジュアルなのがいいかなと思うの。だってそのほうが踊りやすいし、歩きやすいから。今のような服だと靴はどうしてもパンプスになるでしょう。男性はスーツでもぺったんこの靴をはくからわからないかもしれないけど、スーツに合う婦人靴はつまさきがせまくてサンバはつらいわ。スニーカーをはいて似合うような服でいいんじゃないかしら。ナイキのエアマックスでそろえるとか……」

「ふふん、ナイキのエアマックスね」

四郎は五月をさえぎった。にがにがしくいぶりがっこを噛《か》む。

「あれはスポーツ選手のために開発された靴だろ。しかしまったく運動しない者がはいているのは滑稽《こっけい》だね。

なにも100メートル走したりマラソンしたりする者だけがはくべきとは言わないよ。主婦の掃除だって洗濯だって買い物だって幼児のせわだって身体を使うよ。一ツ橋さんと二見くんのように農業するのは言うにおよばずだ。すごい運動量だよ。私が、運動しないっていうのは、本当に動かないやつのことさ」

四郎はテーブルを叩く。

「え、どうだい。渋谷の繁華街なんかにいる若者。あいつらはなにを運動してるんだ? 二階にのぼるていどでエレベーターを使い、下りるのにさえも使う。ちょっとの距離もまともに歩けず、スケボーだとかいう丘橇《おかぞり》に乗る。

バグパイプでも吹くのか、あのスコットランド・キルトのようなズボンをはいて、ぶかぶかのトレーナーを着て、裾からシャツをでれんと出してパンツも出して、袖口だってずるずる長い。あんなふうに着ていたんでは、もとは運動のための衣服であっても運動するのに不便きわまる。袖口が邪魔になって物は掴《つか》みづらいわ、グラスは倒すわ。ぶかぶかだから姿勢が悪くても目立たない。背骨をいつも曲げる癖がつく。

なんでもレンジでチンすりゃ食べていけると思っとるらしいが、それは自分じゃなくて親の金で買った食料じゃないか。腹がへったら親の金で食い物を買って当然と思っているのなら、そりゃ『若者』にあらず。『幼稚園児』だ。

自分の洋服ひとつ洗ったことがなく、ボタンひとつつけなおしたことがなく、布団カバーすらとりかえられない。こんな奴らはいったいなにを運動してるんだ？

まるで動物園の熊かなにかのように、一日をただぶらぶらぶらぶらぶらぶらしとるだけでは成人の一日の平均エネルギー消費量の半分も消費しとらんのじゃないか。なんでこんなやつらがばか高い運動服と運動靴を身に着ける必要がある？　医学的に検証してもハンバーガーばっかり食っとるから下顎の骨が退化して、小顔といや聞こえはいいが、よく見てみろ、あいつらの顔を。

横からみると蛇《へび》のように顎《あご》がなくて、へろりと首につづいている。後頭部は出っ張りがない。ようするに干し柿のように貧弱に窄《すぼ》んだ頭部だ。

こういうやつらが、これまた親の金で買ったケータイ電話で、『友達』とやらと連絡しあう。電話料金はこれまた親がかりだ。

あいつらは、ひとりで考えられんのか。ひとりで動けんのか。寝たきりの重病人でもあるまいに。ひとりで考えたり動いたりできんから、しじゅうだれかといっしょにいないと怖くてならない。時間をどう使ったらいいのか脳も動かない。

男のマリー・アントワネット化だ。〈どうして一日は二十四時間もあるのでしょう。なにをして過ごしたらいいの、退屈だわ〉とでも嘆いて、センター街で仮面舞踏会でも開いておるのかね。

こんなだからおやじ狩りだの酔客狩りだのをやりやがる。運動しないからエネルギーを消費する機会がないんだからな。親に叱られたこともないから悪いことしてる意識もない。脳の劣化もはなはだしい」

四郎は手摑みで、いぶりがっこを一度に十枚、口に放り込んだ。ぼりぼりぼりっ。はげしい嚙み音である。

「だいたい自衛隊という名前がいかん。名前を変えりゃいいんだ」

「ちょっとちょっと。話が飛び過ぎじゃないですか。ダラダラして群れている若者の話をしてたのがなぜ自衛隊ですか？」

さすがに一ツ橋が最年長者らしく割って入った。

「ぼりぼりっ。うぐぐう」

十枚のいぶりがっこを飲み込み、四郎は血気ますますさかんになってつづけた。

「自衛隊は自衛という語句があいまいだからいかん。このネーミングだと、海外の被災地へ民間人の救援に行くのは自衛ではないことにならんか？　レスキュー隊にしたらどうなんだ。徴《ちょう》兵制じゃなく、徴《ちょう》レスキュー隊員制にして、することがなくてマリー・アントワネットのように退屈しておるだらだら若者にどんどん赤紙を送って、カンボジアへ地雷とりに、チェチェンへ病人の担架運びをさせに行かせればいい。喜ぶぞ。なにせスリルが好きなとしごろだからな。自殺したいと吹聴《ふいちょう》してるわりにちっとも自殺しないやつらにも送ってやるとよい。

青年期の一時期に、レスキュー隊の宿舎でシーツ毛布のたたみ方、ボタンのつけ方、食器洗いに便所掃除をするような規律に緊張して生活する一時期があれば、レスキュー隊の徴員期間を終えたあとには、それこそ個性的な人生を開拓していけるんじゃないのか」

四郎が声高になると、嚙みくだかれたいぶりがっこがぶっぶっとテーブルに散った。

「それはちょっと極論だと思いますわ……」

三奈がふきんでテーブルを拭く。

「四郎さんの意見には、わたくしも賛成するところがたくさんありますし、徴レスキュー隊員制というのも一理あるかもしれません。

でも、規律に緊張した生活は、人によっては、あまりの緊張で人格をスポイルされてしまう危険もあると思いますのよ。それこそ、そこらへんは個性を尊重すべきでは……」

「そうだな、ちょっと私もカッカしすぎたかな」

窓の外は夕焼けである。

「空気を入れ換《か》えましょうか」

五月が窓を開けた。

「もうすぐクリスマスね」

「そうだねー、五月さんはやっぱりクリスマスなんかはカレシといっしょー？」

二見は軽い話題で、先の四郎の興奮を静めようとしたのだが、五月はぴしゃりと窓を閉めた。

「何それ？　そんなものいないわ」

ひごろとはうってかわって五月の口調は厳しく変じた。輝くような美貌の五月の口調が厳しくなると、美貌なだけにいっそう厳しく聞こえる。

「わたしがみなさんと活動することになったのは、もとはといえばクリスマスも近いある日のできごとが発端なのよ」

その日、五月はさる男性と食事をともにしていた。奥多摩《おくたま》にあるビストロで。

「彼は食道楽だったわ。有名な店に行くというのとはちょっとちがう。ほんとうに贅沢《ぜいたく》なものを食べるのがほんとうの贅沢だといつも言ってた。ほんとうの贅沢とは、化学調味料を使わずに、お水だってお米だって特別に無農薬のものをとりよせて使った料理だって。

彼が連れていってくれる店は、おいしくて、すばらしかった。

それはいいんだけど、そんなふうな店はたいていすごく遠い所にあって、店まで行く道中で彼はいつも言うの。

〈自然に囲まれるのはなんていいんだろう。自然に囲まれて自然な食材の食事をする。これこそ優雅というものだと思わないかい〉

わたし、言われるたびに胸が痛んで。その日はとうとう彼に言ってしまったの。

〈じゃあ、なんで車なんかに乗るの？　あなたがまき散らす排気ガスが大気を汚しているじゃない〉

って。わたしは車がいけない、って言いたかったんじゃないのよ。辺鄙《へんぴ》なところで暮らしている人や、家内に病人や身体の不自由な人のいる場合、車は必要でしょう。宅配便とか物の運搬にも車は必要だわ。

でも、彼は都内に住む元気な男性なのよ。家族の方もみなさんお元気よ。そして都内はものすごく交通網が発達してる。

奥多摩は遠いけれど、電車は通ってるわ。電車で最寄り駅まで行って、そこから歩けばいいじゃないの。自然食にこだわる人だったからこそ気になって、そう言ったの」

この男性の前にも、別の男性が、やはり五月の美貌にひかれたのだろう、夢中になっていつもデートに誘ったという。

「その男性も車に乗った。わたしにはなぜ、そんなに平気で車に乗れるのかわからない。だから訊《き》いてしまうの。

排気ガスの問題など考えずに彼の車を褒《ほ》めてあげればよかったのかもしれない。すごいわ、すてきな車ね、って言えばよかったのかもしれない。辺鄙な土地に住んでいれば、もしかしたらわたしもそう言ったかもしれない。

でも、わたしはどうしても、交通網の発達した大都市で、病人のためや物の運搬のためではなく、遊びで車に乗れる感覚がわからないの。とくに都内に住む、都内の大学に通う学生が、一人一台の車に乗って通学するのなんて、迷惑だわ。

でもなぜ？　なぜほかの女の人はあんなに疑問を持たずに車に乗れるの？　車に乗せてもらうことをよろこぶの？　高い車を持つことをよろこぶの？」

五月は爪を噛む。美貌の彼女に接近してきたのは一人や二人だけではない。あまたの男たちを彼女の美貌は夢中にさせた。

「わたしが知り合った男性はみんな車を自慢するのよ。車と時計を。あれはいったいなんなの？

それにスキーに行きたがるの。わたし、スキーはたのしいスポーツだと思うわ。スキー板をだから自分で作ったの。そしたらやめてくれって言われた。なぜ？　しかたなく彼の用意したスキーを持ってスキー場に行ったら涙が出てきた。人工の雪を降らせていたから。

雪国の人がスキーをたのしむのはすばらしい。南国の人が雪に憧れて、電車に乗って雪国にやって来てスキーをするのもたのしいことだろうと共感するわ。でも、なんでもかんでもホテルを建てて、駐車場をつくって、人工の雪までふらせて、そんなことしてするスキーなんて、わたしにはどうしてもたのしいと思えないの。胸が痛むの。

男の人はみんな、わたしがソックスの破れたところを縫っていたら笑った。変わってるねと。そして、そういうやり方、ぼくはついていけないと去っていった。なぜ？　破れたソックスを縫うのは変わってるの？　ものをだいじにするのは変わってるの？　いけないことなの？　それは男の人には〈ついていけない〉ことなの？」

五月の美貌がくもり、涙が頰をつたう。なぜ？　という彼女の声は鼻声になっている。一ツ橋は最年長者の配慮でティッシュをわたした。

しかし五月は受け取らない。

「もったいない。傷口に当てるならともかく、鼻をかむのは、自動的に二枚出てくる立派なティッシュじゃなくて、昔からある粗雑なちり紙でじゅうぶんです」

五月は鞄から、ちり紙の束を出し、一枚を抜いて四つ折りにして鼻をかんだ。

「五月くん、どうだあたたかいお茶を飲んだら？　さあ、みなさんもどうぞ」

四郎が煎茶を盆にのせて持ってきた。三奈が湯飲み茶碗をみなに配る。

「うんとさー、それで活動のさいの服なんだけどさー」

二見が言う。

「ふつうがいちばんいい、ということでオレたちは、背広とかそーゆーの着てたわけじゃない？　でもパンクっぽいカッコもいいいんじゃないかって、オレが言ったのは、パンクっぽくなくてもぽくっても、それはどっちでもよくって、まずは大勢の注目ひいて、それから、オレたちみたいな考え方だってあるんだってことを、みんなに訴えやすくできるんじゃないかなって思ったからなんですー」

一同、肯《うなず》く。

「ハアーッ、まったく……、なんで日本中がこんなことになっちまったんだろうなあ……ハーーッ」

一ツ橋の深いためいき。

「『おかしいじゃないか、もう一度よく考えてみてくれ』というのが、われわれの主張です。

服は、やはりこのままで、靴だけ運動靴に変えたのではどうでしょうか？」

「そうですね」

「それでいいと思います」

全員が賛成した。

「オレ、やっぱプラカードは持ったほうがいいんじゃないかって気がしてきた」

「そうね、文字にして訴えて行進する方法もあるわね」

二見と五月がプラカード案を出す。

「プラカードについては最初の段階で話し合いましたよね。それをやっても読んだ人は、〈ケッ、へんな主張ね〉〈わからないわ。なぜアレに反対するの?〉なんて、笑って見過ごすだけだから、もっと感覚に訴えようって。だからサンバの練習をしたんじゃなかったんですか?」

「ハアーッ」

また一ツ橋の深いためいき。

「まったく、へんなのは今の日本のやつらで、われわれがへんなわけではないはずなのに、なんでこんなふうになっちまったんだろうなあ。ハアーッ。わしはなにも、アレ自体に嫌悪感があるというんじゃないんだ」

「わたしだってそうですよ。アレ自体がいけないわけじゃないですわ」

「オレもそうだよー。アレは年とっても、ずーっと長いことできるからいーんじゃないかなーって」

「私だってそうだよ。われわれはなにも、アレをやめろ、って言ってるわけじゃない。『アレをしないのがへんだというようになってしまった現状がへんだ』って言いたいわけだ」

「ああ、ほんとにおかしな世の中ね。なんでわたしたちがマイノリティになってしまったのかしら？　なぜ？」

一ツ橋、三奈、二見、四郎につづき、五月が発したマイノリティという語は、彼らに重くのしかかる。

年齢と性別を越えて、彼らは結集した。彼らは、日本のゴルフの現状が大嫌いなのである。

「今の日本では、ゴルフすることに疑問を抱くのは、疑問を抱くだけで、『変わった思想の持ち主』になってしまった。

ハアーッ。どうしたことだろう。ゴルフをすることが前提で日本社会が成立しとる。なぜそんなにみんなゴルフをするのだ？　わしがそう言うと、みんなこぞってゴルフのおもしろさを説明しよるが、そんなことを訊いとるのではない。ゴルフという娯楽には独自のおもしろさがあるだろうよ。サッカーにはサッカーの、水泳には水泳の、ハイキングにはハイキングの、みんなそれぞれにおもしろさがあるよ。

わしが言ってるのは、なぜ『ゴルフをするのがあたりまえ』になってしまったのか、ということだ。

日本の地形に不適切な設備が必要な娯楽じゃないか。なんでよりにもよって日本の地形に向かない設備を必要とする娯楽を、こんなにも普及させてしまったのだということだ。山国の日本でゴルフ場を建設するには、森を壊し、農薬をどばどばまいて草地にして、草地状態にキープするためにさらに農薬をどばどばまかないとならない。

しかし、そのことを指摘するとゴルフをするやつらは必ず言いよる。自然破壊はほかにもあるよと。

これは、金庫から金を盗んだ泥棒が捕まって、泥棒するのはぼくだけじゃないよ、と言ってるのと同じだ。

「ろくに品性教育も受けていないお下劣な人が、みんながするから自分もするとゴルフをするのは、まだ百歩譲ります。

わたくしが解せませんのは、ひごろは自分のニュース番組で、高潔なおももちで〈政治家の倫理を問いたい〉などと政治家批判をするジャーナリストなどが、平気で思考停止してゴルフをなさることですわ」

「そうよ、ひごろは森ガールふうのファッションでナチュラルメークで〈いつも自然体〉などと言っているタレントが、不自然に森林を破壊したゴルフ場ではしゃいでいるわ」

「反体制派だとかいうミュージシャンも、家族愛を描く小説家も、子供たちのあたたかい世界を描く漫画家も、まさかというようなやつらまでゴルフをしてるぞ。サラリーマンなら上司やとりひき先の偉いさんに合わせなきゃならないために『しかたなく』ということもあるだろうよ。しかし、反体制や家族愛や童心のあたたかさを主張するクリエーターが、まったく疑問を抱くことなく、当然のように、ゴルフをするのは、いや、ゴルフできるのは、いったいぜんたいどういう研ぎ澄まされない感性なんだ」

「いや、わしは、むしろ、だましてるほうが気になる。研ぎ澄まされない感性のクリエーターも森ガールもジャーナリストも、みんな、いわばだまされてゴルフをしてるといえるじゃないか。

山口敏夫《やまぐちとしお》議員一族のゴルフ場経営会社にガンガン金を融資して、さいしょは日本にほんのちょっとしかなかったゴルフ場を日本全国にまき散らすがごとく建設して、経営が焦げつくと融資は不正だったと山口一人を逮捕したが、ようは田中角栄《たなかかくえい》総理時代の『グリーンピア』たら、竹下登《たけしたのぼる》総理の『ふるさと創生』たら、壊《こわ》せ造《つく》れのハカイダー政策も、ぜんぶ国民からまきあげた税金の貯金箱をすっからかんにしたわけだ。

その政策の杜撰《ずさん》さを糾弾するのは、わしは他にまかせる。なぜならわしは、愚《おろ》かな政策を、その場その場のしのぎでステキに見せるテクニックに長けた輩《やから》を政治家と呼ぶのだと思っとるからだ。いわば政治家の仕事は国民をだますこと。国民をだまして自分がいい思いをしたいのが政治家とさえいえるとな。

だからこそ、自分がいい思いをするために国民をだますなら、なんでももっとうまい嘘をつかなかったんだ。日本の地形にゴルフ場ははげしく無理があるじゃないか。もっと地形に合った娯楽で私腹を肥《こ》やそうとなんで思わなかったんだ」

一ツ橋はハァーッとゴジラのように息をはいた。

「でも、そんな嘘にやすやすとひっかかるのがわが国の国民ではないですか。ほんとにもう、なんででしょうな。なんで、日本人はゴルフを鵜《う》呑《の》みにするんですかね。ああもう、ほんとにもう、なんでなんだろう」

四郎が両手を組んで天井を仰《あお》いだ。

そのとき。

すっと襖《ふすま》が開いた。

「それはゴルフ場が整形だからです」

襖を開けたのはすらりとした婦人。開けたあとは、三つ指ついて頭を下げた。

「阿部子《あべこ》さん、どうしてここに……」

婦人の名を呼ぶ五月。

「どうぞこちらにお入りください」

五月は、彼女より五、六歳年上とおぼしき阿部子を六畳間に招き入れ、みなに紹介した。

望月《もちづき》阿部子は五月の勤めるサイズなおしの店の店長だった。五月から活動について聞き、ふと会合場所にやってきたのだという。

「すみません、みなさん。玄関から何度も声をかけたのですが聞こえないようで、失礼ながら上らせていただき、ずっとみなさんのお話をここで拝聴いたしておりました」

「して、阿部子さん、さきほど、あなたはゴルフ場が整形とおっしゃったが……」

「はい。申しました。山国《やまぐに》である日本に無理やり乱設したゴルフ場は、無理やり鼻を高くして、無理やり目を大きくする美容整形と同じことです。

日本人なのに、西洋人のような顔になるよう、骨を削り、皮膚を切り、シリコンを注入して、無理やりに顔を建設した整形と同じ。整形手術を精神面から語ろうという気は、私にはまったくありません。私はひたすら外科手術としての安全性の面から言っているのです。その人の本来の顔に沿《そ》わない整形は、ゆくゆくなにがしかの弊害を顔や乳房や足や尻にひきおこします。経験から私は申し上げます。私はかってそういう整形を経験したのです。鼻の先からシリコンプロテーゼが飛び出しました。そのときの汚らしい、酷《むご》たらしい形相といったら……」

その告白手記は光文社文庫から出版されるのだそうだ。

「整形して見返すという発想は貧困きわまりない。整形しても見返せないのです。整形手術はただの外科手術なんですから。

日本の地形の長所を破壊して乱設したゴルフ場は、私がおこなった不自然な美容整形と同じ。時を待たずしても、今もすでにさまざまな弊害が出ています。飛行機からちょっと見ただけでも、その汚らしい酷たらしい景色といったら……。

考えなしにゴルフをする人に、私も訴えたい。少しは「考える」という行為をしたらどうかと。せめて、ゴルフが嫌いな人も日本にはいることを知ってもらいたい。ぜひ、いっしょに活動させてください」

阿部子は深々と頭を下げた。

「おう、もちろんですとも！　ゴルフ場は美容整形弊害同様論、そのとおりです」

一ツ橋は阿部子と固い握手を交わすと、二見が立ち上がった。

「さあ、みんな、今日は夜も活動しようよ！　ゴルフに疑問をちょっとでいいから持ってもらおうよ。疑問を持つ人を増やそうよ。少数派だからってくじけるな。ちゃんと疑問を投げかけようよ」

青年はふたたび棒を摑む。

「おう」

「おう」

みな青年につづく。棒は、夢の島に捨てられていたゴルフのクラブだ。


ゴルフ死ね死ねっ、ぱぱぱやー。

ゴルフ死ね死ねっ、ぱぱぱやー。

ゴルフ場、日本の国土から消しちまえー。


きょうれつなサンバのリズムに乗って、彼らは踊る。んぱっ、んぱっ。その呼吸から洩れる悲痛な思い。悲痛な疑問。悲痛な少数派。彼らの名前は、ゴルフ死ね死ね団。

# 書評と忸怩《じくじ》

相模公輔《さがみこうすけ》は鼻から息をぬき、口を開かずに唇の右端だけを上げた。

「フフン」

相模は嗤《わら》った。ある思いと、もうひとつの思い。おもに二種の思いが相模の内部に湧いたのである。だが、その思いを意識の全面には出そうとしない。クールな嗤いができたという満足。いまいちど鼻から息をぬく。フフン。

「〈透明な息づかい〉なんてのは、ちゃちだね」

書籍小包の封筒をごみばこに捨てる。入っていた本を、机のわきにぽんと置く。ごみばこには、すでに似たような封筒が捨てられていた。びりびりとガムテープをはがされて。

机のわきには、三、四冊の本が積まれていた。立ててあるものも数冊ある。

相模は評論家である。名刺にはそう印刷してある。

「もうはや中間試験か。二年は俺と、だれだ？　榊原さんか。あの人は几帳面《きちょうめん》だからな。俺もそろそろ問題を作っとかないと」

評論家だが、定期考査の問題作りをしなくてはならない。高校教諭。ＪＣＢカード中込み用紙の職業欄にはそう記した。

相模の勤務する公立高校の生徒総数は一〇四〇人。内、女子が七九八、男子二四二。全校生徒の90％が、相模のことを知っていた。知っているとは、顔と名前が一致して、国語担当だとわかるということである。

いっぽう業界の95％が相模のことを知らない。業界とは、文芸および文芸評論にかかわる業界のことである。ただし日本人の90％は、この業界に興味がない。

そして相模の意識の99％は、高校教諭ではなく文芸評論家だった。書評をするときの名前は別にある。「さ」だ。

トリックはすぐに見当がついてしまうものの、軟弱な文体をわかりやすい文体と見る向きも多いだろうから、テンポよく読み進められるミステリーとして若い世代にウケるのかもしれぬ。風俗を巧みにとりいれている。（さ）

などというように署名される。

相模は、書評原稿をファックスするときがほんとうの自分で、それ以外はかりそめだと思う。

ほんとうの自分は、ほんとうの自分の実力をだす場にまだ恵まれていない。不運なことである。

こうした思いがあって、彼は嗤《わら》うのである。フフンと。

先刻、書籍小包で届いた本は、ほんとうの相模にふさわしくない本だったから、こんな本を読まなければならないのは、またしても、ほんとうの自分を出す機会を妨害されることだ。自分の知性が論評するに適した作品というものがあるはずなのに。

なぜこんな不運が。

やはり時間がないせいである。雑用が多すぎる。中間考査の問題作りとか。今朝の本だって時間がないので、10分で読んだ。

「じゃ、行ってくる」

書斎のドアを閉め、玄関から台所に向かって言う。

「あ、はあい。行ってらっしゃい」

ゴム手袋をしたまま、妻は暖簾《のれん》から顔を出した。

梅雨どきにしては空は晴れている。バス停留所へと相模は歩く。みのり台前。そこまで五分。バスに乗って高校までは二十五分。私鉄線駅までなら三十分。そこから電車を乗り換えＪＲ駅まで行くなら、また三十分。そこから東京駅までは九十分。そんなＰ市の、一戸建てに住んでいる。

出版社の文芸編集者と打合せをするときは、だから、家の玄関から編集部まで、乗り換え待ち時間を入れて三時間余かかる。よって打合せは年に一回を切る。

結婚して二十年近くになる。子供はいない。大学時代の同級生の妹。それが四歳下の妻だ。専業主婦だったが、数年前からスタイリストをしている。冠婚葬祭時に美容院で着物の着付けをする。花嫁や喪主、それに祝式忌式参列者の女性に。公民館でも市民カルチャー教室で着付けを教える。着物談話もする。

「呉服屋の娘だったのが役にたったわ」

妻は仕事をするのがたのしそうである。子供もいないことだし、こういう仕事ならよかろうと、相模も外に出るのを許した。

「せいぜい、お役にたってあげることだな」

妻のきげんがよくなりポケットマネーも入るのだからと、当初は相模も心よくしていた。が、最近ではすっかり妻は「着物の先生」ぶりが板についた。地区別青少年防犯会やP市文化祭の寄り合いなどに、妻同伴で公民館へ出向くと、

「まあ相模先生。このあいだはおかげで助かりましたわ」

とかなんとか、辞儀をされるのは妻のほうが多くなってしまった。

「あなたは毎日、先生、先生と千人の生徒から持ち上げられてるじゃないの」

妻は言うが、相模は嗤う。鼻から息をぬいて、口を開かずに。

生徒が発声するSENSEIは、「先生」から「センセー」に変化してきている。年々、それを感じる。

（まったく近ごろの女子高校生ときたら、中学生いや小学生のレベルだ）

通勤バス内で、自分の学校の生徒や他校の女生徒のかまびすしいおしゃべりを耳にするにつけ、つぶやいている相模だった。

（それに最近の男子高校生ときたら、キンタマがついているのかいないのか……）

相模の勤務する公立高校は共学だが、男子生徒の数が少ない。数で圧倒されるのか、自校の男子生徒はおしなべておとなしく、心なしか顔つき身体つきもへなへなしている。

（文学少年とか文学少女とか、青臭いなりにむかしはもっといたものだ……）

なかば寝たふりをしつつ、バスでつぶやく相模である。

＊＊＊

バスがゆれた。

「ぎえーっ。痛《いて》エよう。押すなよ、てめえ」

女の声がして、相模の足はぎゅうと踏んづけられた。真新しい靴をはいて彼はすわっていた。

靴は週末に、久しぶりに東京は神田の古書店街にでかけた帰りに買った。おろしたてのスポーツ・シューズである。

「ニューバランスの黒なら、お客さまのような方がおはきになってもいいかと。足が疲れませんよ。ニューヨーカーっぽく、スーツにこの靴で通勤されてもかまわないんじゃないでしょうか」

店員にそう言われ、スポーツ・シューズがこんなに高いのかと驚きながらも、立ちっぱなしの授業での足のむくみの解消になるかと、試しばきをした手前もあって買ってしまったのだった。

その高価な、新品の、ニューバランスの靴を、ぎゅうと踏む者がいる。相模はこしかけていて、踏む者は立っている。ずるずるの白いソックスをはいた足。

（まったく近ごろの女子高校生ときたら）

また、つぶやく。おもむろに不愉快な表情をうかべる相模。

「ヤダー、すみません」

ずるずるソックスの足の持ち主は、軽佻《けいちょう》浮薄《ふはく》に謝る。ふりかえる姿勢で。自高の生徒である。相模は彼女を知っていた。彼女のいるクラスを受け持っている。

（アンポンタンめ）

担任クラスのない相模は、受持ちクラスの生徒全員をおぼえてはいない。生活費のために勤めているだけであって、生徒の名前をおぼえようと努力するなど、さようなスノビッシュは評論家には必要ない。

だが、彼女だけは一学期の最初に、出席をとるなりおぼえた。大信田《おおしだ》玲子《れいこ》。息をのむような美少女だったわけでも、学年で一番の成績だと聞いていたわけでも、芸術家になにかひらめきを与えてくるような独特の雰囲気を持っていたわけでもない。

（ふん、そんなものは、ありゃしないのだ。この生徒だけではない。そんなもの、

女子高校生にはありゃしない）

玲子に踏んづけられた足をひっこめながら、相模は憮然とする。

文芸専門雑誌や一般週刊誌新刊紹介ページに原稿を寄せている評論家の相模には、もちろん編集者の知り合いが四人もいる。うち三人は男性で、彼らは愚《おろ》かにもうらやましがるのである。相模のかりそめの立場を。

「いいなあ。女生徒数が男子生徒より三倍強の高校の先生なんて。いつも女子高校生にかこまれてムフムフ状態じゃないですか」

おのれがムフムフしてうらやましがる彼らは、知らないのである。女子高校生の実態を。

彼らの幻想は、たとえば「人妻」に似ている。「人妻」と聞くと、上品な色香をただよわせた佳人めいているが、世の中の人妻が全員、美人で情感豊かできれいな足をしているわけではない。それどころかその逆がほとんどだ。

「女子高校生」もおなじである。商人やマスコミの煽りたてるイメージが先行して、女子高校生と聞けばとんでもなく蠱惑的《こわくてき》なものを思いうかべる輩《やから》が多いが、世の中の女子高校生が全員、みずみずしい感性を輝かせた美少女なわけではない。その反対のほうが多い。とくに相模の勤務校は、正反対の生徒が目白押《めじろお》しだ。

『男性教師が教え子の女子高校生に猥褻行為！』などというニュースを見聞きするたび、相模は逮捕された男の気が知れぬ。猥褻もなにも、たとえば動物園の猿山を見て、いくら猿が臀《しり》を丸出しにしているからといって、情欲を抱くか。

もっとも、猿山の猿にも情欲を抱くような異常な男が逮捕されるのだろうが。

玲子は、まったく猿山の一猿《いちざる》で、だからこそ相模は即座にその名前をおぼえたのである。

たしかバレーボール部だった。勤務校は弱く、バレーボールで有名大学の教育学部体育学科から推薦枠をもらえるほど活躍していない。かりに活躍していたとしてもエースアタッカーであるとか、名セッターであるとかいう声を、彼女について聞くことは職員室でもないから、まあ、それくらいのバレーボール部員であろう。

背が高い。横はばもある。腐ってもバレーボールという競技の選手なのだから、運動選手的な横はばだが、長身なので、ごつい印象がする。髪はみごとな鳥の巣で、しかも脱色して、出涸《でが》らしのほうじ茶のような色になっている。

ほうじ茶髪だからといって、不良ではない。茶色がかった髪にしている生徒が不良なら、全校生徒が不良であり、相模は校内暴力の嵐が吹きすさぶ所に勤務していることになる。だが、勤務校は温和な高校である。

生徒たちのほとんどは、眉を細くしている。放課後は化粧をする。男子も女子も、自称は「俺」である。しかし、それが今の高校生のふつうの外見と習慣であって、その変化は、いにしえの女性が着物を常用していたのが洋服に変わり、「わらわ」と自称していたのが「わたし」に変わったのとおなじようなものである。

「あのアンポンタンめ」

相模が玲子を特に猿《さる》視するのは、だから、今どきの女子高校生らしい外見やことばづかいにではない。

たんに、彼女の名前のせいである。相模の、忘れ得ぬ女性と一字ちがいだったからという、それだけのことだ。

あれは1973年――。

相模は大学に残っていた。革マルと中核の内ゲバがつづいていたが、彼は運動のために残っていたのではない。

もともと相模は学生運動には、やや遅れた年齢ではある。二浪したのでよけいに遅れた。彼は文学のために残っていた。彼の大学は、長く運動の火がくすぶっていた学校だったが、入学前から学生の行動を、

「あれはのど自慢さ」

と思っていた。デモをし、立て看板に怒りを書きつける御町内のど自慢大会だと。男女が集い、自己顕示欲を発散する学園ふう御町内のど自慢大会だと。

「だってそうだろ。ほんとうに国体を改革し、日本の政治を変えたいなら、もっと真剣に現実的な策を練るはずじゃないか。セクト単位の人数でひそかに自衛隊に入り、武器を持ち、現実にクーデターを起こせばいいじゃないか。それをしないってのは、ザーメンがたまってしようがない身体の血の気を、ワッショイ行進と機動隊への石投げで発散しているだけさ。よからぬ自瀆《じとく》行為はスポーツで発散しましょう、っていう教育ママゴンのアドバイスのとおりさ」

そう言ってのけた。

「相模はノンポリなんだな」

同級生からは言われた。日和見《ひよりみ》とも言われた。

「のど自慢をやるのをポリシーだとかいうなら、俺だって高校のときに文芸部で充分、ポリシーってのをやってたね。あんたらよりずっとやってた。あんたら、マルクスをほんとに読んだのか？　ほんとは車雑誌と漫画しか読んでないくせに、なにがポリシーだ。日米帝国主義を打倒する前に、広告代理店にオルグされた自分の脳みそを打倒して自己批判したらどうだ。そんなだから、しょうもない内ゲバばっかやってんだよ」

そう言い返した翌日の夜、相模は下宿のアパートで殴られた。階段下。二人の学生。凶器は持っていなかった。が、銭湯からもどってきたところだったので、金盥《かなだらい》で額を何度も何度もなぐられ、しぼったタオルで腹と背中を何度も打たれ、石鹸を口のなかに詰め込まれた。

「口から泡吹くとはこのことだぜ。机に向かってるだけの卑怯《ひきょう》な傍観者が知ったかぶりぬかしてるなよな」

名字くらいは知っている学生だった。げらげら笑いながら彼らは去っていった。相模は地べたにうつぶせに倒れていた。洗ったばかりの濡《ぬ》れ髪に土がつき、額から血が流れ、差し歯が一本ダメになった。歯医者にかかった金が、その月は痛かった。

そんなころ、相模は彼女に恋をしたのである。

その名は大信田礼子《れいこ》。映画『同棲時代』で、主演ではないが主題歌をうたう役で出てきた。この映画の前からかなり有名な女優らしかったが、芸能に疎《うと》い相模は『同棲時代』ではじめて彼女を知った。

日本人ばなれした骨格。当時は他に類《るい》を見ない長い足。なんともいえぬ贅沢《ぜいたく》さがあった。白く抜けるような肌には潤んだ翳《かげ》りがあり、意外なことに声は甘くかすれている。

純潔のおぼこ娘がみごとに周囲をあざむいてあばずれ女になりすましているような、はらはらするようないたいけさがあった。派手だが実はおくゆかしい。いたいけだが、とろけてしまいそうな色気。

相模は大信田礼子に魅せられた。

「ジャン・ジュネの世界を体現した女だ」

そう思った――。


その大信田礼子と大信田玲子は一字ちがい。

（えっ、大信田礼子？）

出席をとるさい、思わず声に出して名簿に見入ったくらいだ。

大信田礼子と一字ちがいの大信田玲子は、外見はもちろん、雰囲気もたちいふるまいも、なにもかも、まったくもって大信田礼子には似ていない。

（あのアンポンタンめ）

だから相模は嘆き、だから大信田玲子は、ごくふつうの女子高校生であるにもかかわらず、相模にひそかに「猿の中の猿」と呼ばれている。

「ぎゃはははは。マジーっ、それーっ」

バスはゆれる。大信田玲子は笑っている。教師の足をむぎゅうと踏みつけ、軽佻浮薄に謝れば、あとはなにごともなかったかのように。

「そいで、おまえはどうレスしたんだよ。渡されたジュース、そのまま持って帰ってきちゃったのかよ」

定めし、たいしたことない話だ。ほかの女生徒も大笑いしているのに、相模にはアンポンタンだけがひとりで高笑いをしているように聞こえる。

(まったく。大信田礼子とそっくりな名前のくせに、なんという無神経なバカ猿だ)

ムカムカしながら相模はバスを下りた。

＊

そして一時限目からして、二年六組だった。二年六組といえばアンポンタンのクラスである。アンポンタンをはじめとする、夏目漱石《なつめそうせき》にはなんの関心もない、ごくふつうの生徒四十二人に、夏目漱石を教えねばならない。なんと無益なことか。かりそめの時間に拘束されるかりそめの自分。ムカムカしたあとはげんなりする。

「では、今日は第二章の要旨をまとめるところからだが……」

夏目漱石なんかどーだっていーや。四十二人中三十二人まで生徒たちは、そう思っている。空気でありありとつたわってくる。Kのことも先生のことも、彼らにはたんなる「テストに出ること」であり、文豪の名文が彼らの肌にしみ入ることはない。レトルト食品と電子レンジ料理で培養された、痛点の少なそうなきれいな肌にしみ入るのは、カタカナの名前のついたグループの音楽である。

『ゆうべね、トツゼンみたいにケイタイを切っちゃったのは、べつに怒ってたんじゃないのさ。悲しくなっただけ。それを知られたくなかったってわけ。でも、わかったよ。がちゃんと切ってからわかったよ。きみのハートのバイブレーション。せつないバイブレーション。わかってよ、オレはきみだけってこと。よそ見をしても、オレはきみだけってこと。LA、LA、LA、きみはひとりだけ』

顧問をしている文芸部の活動ノートに書いてあった。部員が親しい仲間うちだけに、長電話がわりに書いたか、ユースホステルの旅ノートをどこかから写してきたのかと相模は思っていた。ところがそれは、プロの、しかも平均年齢二十八歳のバンドの、百万枚売れている、れっきとした売り物の歌詞だと、後日に文芸部部長から教えられた。たまげた。「なんという汚いリズムの語句だ、これは。どういう語《ご》彙《い》だ。どこに韻《いん》をふんでるんだ。〈オレはきみだけってこと〉というのが韻なのか？　くりかえしただけじゃないか。なんじゃこりゃ……」

あんぐりと口をあけた顔を、部長の真正面に向けそうになった。だが、それより先に彼が、

「すごくいい歌詞で、胸にしみいるっていうか……、ペダンチックなものをいっさい剝《は》ぎ取った末の、情けないまでに弱みを晒《さら》した少年の告白だと思うんですよね。ベースギターのリズムがまたよくて、ベースの音と正直な告白がぴったりきまって、こっちに迫ってくるっていうか」

と言うので、そんなものかと相模は口を閉じたのだった。

生まれたときからコンピューター・ゲームにかこまれ、五択問題のマーク・シートを塗りつぶし、シックな色調のインテリアの居間でめしを喰い、ドイツは東西に分離してはおらぬニュースを生まれたときから聞き、ヒットソングを対決させる音楽祭の裏側にはレコード会社と芸能プロダクションのからくりがあることを一般常識としてふまえ、「最優秀歌唱賞」に涙する歌手のようすを生まれたときから演技

ショーとしてながめてきた彼ら。彼らと自分とは感覚がちがうのだと、そう思って相模は口を閉じた。女性が「わらわ」と自称していた時代と「わたし」と自称する時代ほどにちがうのだと。

彼らにとって夏目漱石がどうだっていいのは、日本語能力の低下が大きな要因であることは否めないものの、彼らの感覚がヘンなのではなく、夏目漱石がヘンだからである。彼らにとっては。

「賄《まかな》い付き下宿」

これがもう、彼らには想像できないのだから。ビジュアルに鋭敏すぎるほど鋭敏になるべく育った彼らに、ビジョンを結ばぬ光景を綴《つづ》られた小説を読んで登場人物の心情を味わえといったって無理な話なのだから。仮に、運悪く、そんなことが味わえる能力など持ち合わせてしまったら受験戦争からは脱落するのだから。

「夏目漱石は受験の文学史で出題頻度が高い。漱石の他の作品を次のハコのなかから四つ選べ、などという問題がよく出る。作品を選んで、つづいて主人公の名前と結んで、完全正答の場合だけ得点になるシステムでの問題が多いから注意しろよ」

だから、相模もこのように、明治の高踏派を生徒には紹介しないとならない。

「漱石の他の作品と、だいたいでいいからその内容を、なにか挙げてみて。相川」

出席の順に当てる。相川が答え、麻生、井沢も、文学史のテキストから抜粋して概略を答えた。

「よろしい。じゃ、あとひとつだけ。次は……」

名簿を見て相模は、うむ、と喉の奥を収縮させる。次はアンポンタンだ。

「えへへぇ、三四郎《さんしろう》」

なにを笑っているのかと顔を見れば、ものすごくまじめである。呼吸の仕方が大きいので笑っているように聞こえるのである。暑苦しいやつである。

「えへへぇっと、三四郎という男の人が、美禰子《みねこ》という女の人にフラれる話です」

生徒たちはどっと笑ったが、相模は頰を動かす気にもなれない。ふざけるのが彼はなによりも嫌いである。

(まがりなりにも夏目漱石の小説をこんなふうに、ふまじめに説明するとは、なんという下品なやつなんだ。世の中には厳粛な、神聖にしておかすべからずな領域というものがあってしかるべきなんだ。たしかに『三四郎』のユーモアについては研究者が言及している。だがユーモアというのはふざけることとはちがうんだ)

ユーモアとは権威のあるもの。権威あってのユーモア。いつのまにか相模はそう思いこんでいた。いつのまにか。

かつてはユーモアがあった相模は、今はもう教室に湧いた笑いをいっさい無視した。アンポンタンも当然無視した。笑うということは知的に非《あら》ずと、彼はいつのまにか思っていた。アンポンタンはきょとんと彼を見ている。ひっ。彼は彼女の視線を避けた。一瞬だけ。

＊＊＊

「なんで俺はあいつから目を逸《そ》らせたのだろう」

自宅の湯につかりながら、相模は気にかかる。不愉快なアンポンタン。ほかの生徒もなんだ、大笑いして。不愉快だ。気にかかる。気にかかりながらも、考えない。自分の不愉快さの奥を探ると、いつも彼はもっと不愉快になる。それは不愉快というより恐ろしかった。恐れていることを認めたくなくて、考えるのをやめる。

「あなた、枇杷《びわ》をいただいたんだけど、召し上がる？」

風呂から出ると妻は枇杷を食べていた。

「いらない。焼酎をくれ」

「あら、いいんですか？　〆切があるんじゃなかったの？　さっきそう言ってらしたじゃない」

「〆切があるから飲むんだ」

妻は枇杷から手をはなそうとしない。相模は自分で焼酎を大きなビールジョッキにどくどくついで、白湯《さゆ》で割った。

「書斎にこもるから、声をかけないでくれ」

はいはい。賺《すか》すような妻の言い方。不愉快だ。

「お。この本をとにかくかたづけんといけないな」

早くファックスしてくれと、もう四回も催促のファックスを受けていたのに、中間試験の問題作りの前にも校内風紀問題会などがあって時間をとられ、まだ表紙すら見ていない。

「めちゃぶっ飛びっていうか。すごくおもしろいんですから」

若い編集者推薦のその本を、相模は書籍小包封筒からとりだした。『H・ハー』。白鷗《はくおう》出版。著者は女性である。名前は知っている。歯医者にいったときにぱらぱら繰ったファッション雑誌に、なにかのコメントと写真が載っていた。表紙は水彩画で描かれた下着である。

相模は思い出す。歯医者で見たファッション雑誌を。外国人モデル。最新デザインの洋服。色鮮やかな化粧品。カラーグラビア。その雑誌でコメントしていた著者。表紙の水彩画。

「フフン。若い女が読むきれいなセックス描写の小説か。エマニエル夫人タイプの」

鼻から息がぬける。

相模がそんな嗤《わら》い方をするようになったのは、数年前からである。アパートの階段の下で殴られたころは、決してそんな嗤い方はしなかった。

学生運動に共感はしなかった。殴った学生を、ちきしょうと思った。それだけのことだった。運動をする学生たちと自分の高さは等しかった。ただ、二人で一人の自分を殴る彼らには、ちきしょう、と思った。

「俺も小説を書くつもりだった」

卒業するまでに書こうと思っていた。何作か書きかけ、未完のまま卒業した。教員になった。夏休みが長くとれる。夏休みに書こうと思った。

だが最初の夏休みは新任教員には雑事が多く、冬休みは行事が多く、次の夏休みには海外研修に行き、季節はめぐり、書かぬまま結婚した。結婚したらしたで、家庭経済を支えるのに時間をとられ、未完の原稿をとりあえずダンボール箱に入れ、春が来て眠くなり、次の夏休みには担任していたクラスの生徒が万引きをし、ダンボールを出している暇《ひま》がなく、箱は天袋にしまい、秋が来て春が来て、春夏秋冬はめぐり、またのめぐり、そうして相模は、この嗤い方をたまにするようになった。ふとした縁あり、雑誌に書評を書くようになってからは、頻繁にするようになった。

「原稿用紙に万年筆で数行走らせただけで、充実感があったな……」

かつて相模は小説を書こうとした。十六枚か、十八枚か。書きかけたまま、天袋で止まっている小説の、その題名はおぼえている。『ホーム』。

「ホームで上り電車と下り電車がすれちがうとき、こっちの電車に乗ってる客と、あっちの電車に乗ってる客と、窓越しに一瞬、目が合うことがあるだろ。でもそれは一瞬で、電車はすぐにスライドしてすれちがってゆく……」

相模はだれもいない書斎で、スワンに話しかけた。スワンをかたどった瀬戸物の灰皿。新婚旅行で十和田《とわだ》湖に行ったとき買った土産《みやげ》。

「あれはおかしなものだな。こっちの電車から向こうの電車を見るのは。電車には大勢の人間が乗っていて、みんなそれぞれの人生がある。でも、ふだんはそんなことに思いを馳《は》せないだろ。でも、あっちの電車とすれちがうと、それを感じる。電車に乗ってるひとりひとり、それぞれの人生をしょってるのだなと……。あれは反対の方角へ行くからなのか……。この時間ならこっちに向かうのが日常である自分には、同じ時間にあっちに向かう人間が一瞬ふしぎに見えるからなんだろうか……」

そんな感覚を、ひとりの女との邂逅《かいこう》に重ねて書き上げるつもりだった。妻と結婚する前に相模が恋した女。彼のほうからだけの恋だったが。

「大信田礼子に似ていた。とても……」

しかし、それは後年の感覚かもしれない。女への恋慕を、映画で魅せられた大信田礼子に重ねていただけで、実像を目にすることがなくなった後年に、風貌も似ていたと思いこんでいるのではないか。定かではない。

原稿を早くファックスせよと催促されている『H・ハー』は一ページ開いただけで、相模の視線はずっとスワンに向いたままである。

「あなた、まだ起きてらっしゃるの。わたし、先に休みますよ」

相模の視線をスワンから手元へもどしたのは妻の声だった。

「あ、ああ。俺もすぐ寝るよ」

時計を見た相模は『H・ハー』のページをあわてて繰った。歯科医院でファッションン雑誌を見たときのように、ただ、ぱらぱらぱらっと。

乳房。むきだし。ペニス。穴。黒髪。乱れる。オマンコ。目に入った単語に嫌悪した。『H・ハー』の帯には〈大胆不敵のH物語〉とコピーが大きく打たれている。男女の肌の重なりを、ペニス、オマンコとにべもなく描《か》かれるのが、相模は嫌いだった。

そう、彼は嫌いだった。男と女の交流はそんな乾いたものではなく、しっとりと情感こまやかなものだと信じていた。そう、しっとり。しっとりとした古い文体が、彼は好きなのである。

「こんな露骨な語句を使って読者にアジっても、今どきの読者はビデオ慣れしてるからこんなものでは驚かんだろう。書いた娘は、過激なことばを使って若者文化の先端をいってるわよと悦に入《い》ってるのかもしれないが」

とくに理由はない。相模は『H・ハー』の装丁が、嫌い、だった。ぱらぱらと繰って目についた単語が、嫌い、だった。ついでに歯科医院に置いてあったファッションン雑誌もちゃらちゃらしていて、嫌い、だった。

二年六組の大信田玲子の『三四郎』の概略説明が、不可侵であるべき権威を茶化したと感じた相模は、夏目漱石とは無関係に彼女が、嫌い、だった。

大信田礼子とそっくりな名前。大信田礼子を思い出し、小説を書き終えられなかった事実を思い出し、石鹸を口に詰め込まれてちきしょうと思った過去の喪失を思い出し、思い出すことが嫌なのではなく、思い出した自分が、無益な授業をしているおっさんだと老いを知らせる、十七歳の若い頑丈な体軀《たいく》の女生徒が、嫌い、だった。

白湯割りの焼酎が全身にまわり、相模のまぶたがくっつきそうになる。目をこすり、彼は、ぱらぱら繰っただけの『H・ハー』の帯のコピーを見直して、なんら読まずに書評を書いた。

自動販売機の下品な漫画本を想起させるような語句をふんだんに使ってはいるが今どきの読者はこんな恋愛小説ではショックを受けないだろう。〈大胆不敵なH〉というには無理がある。

フフンと嗤い、そして署名した。（さ）。『H・ハー』は、古典『平家物語《へいけものがたり》』を現代語訳しながら、無署名評論の無責任さと、ひいてはラベル信仰文化人の空疎さを皮肉った小説であり、Hは平家一族のHだったが、相模は読まなかったので性愛小説だと信じていた。

「おはようございます」

翌日のバスで、二年六組の大信田玲子が言った。おはようと相模は返した。だが目を逸らせた。

真新しいニューバランスの運動靴が、なぜか恥ずかしかった。

# パソコンと恋

彼女にすっかり犯されていた。愚《おろ》かなことに気づいたのは別れてからだった。犯されるっていうんだから受動態だ。受動態とはどういうことかというと、犯していたのではなく、犯されていた、ということである。

「はん、校則なんかバッカみたい。タバコくらい吸うのが女子高校生の常識よお」

などと思ってタバコを吸った場合、この女子高校生は、校則を「犯している」。だが、

「あんたさあ、いつも優等生ヅラして気にくわないねえ。今日はタバコでも吸ってもらおうかねえ」

などと女番長グループに拘束されて、むりやり口にタバコをくわえさせられた場合、この女子高校生は校則を「犯させられている」。「犯す」ことを強要で「させられた」のだから、「犯された」のではない。

女子高校生がいて、タバコがあって、女子高校生はタバコを吸うつもりはないのに、タバコがふわーっと彼女の口まで飛んで来て、ライターも飛んで来て火がついて、それで彼女がタバコを吸ってしまったら、こういう場合なら「彼女は校則に犯された」といえる。でも、こんなことはないから、だからぼくだって、自分が犯されるなんてことはないと思ってた。

タバコが自分の口にふわーっと飛んで来て、吸ってしまって、そのまま喫煙の習慣が身体にしみついたように、ぼくは彼女に犯されていたのだ。

彼女の名はニコラ。会ったのは十年以上前のことだ。

ぼくは二十四歳で、平凡にさびしかった。どこにでもあるような、だれでも感じているような、感じたことがあるようなさびしさ。よって、べつに将来に絶望して自殺しようと悲観してたわけではない。将来についてはけっこう単純に夢を抱いていた。

「今は生活が苦しいけど、ちょっとずつらくになるよう、がんばっていこう」

といったような夢。運動靴がすりきれて穴があいても新しい靴が買えず、デニムパンツの裾上げしたときに残った布をボンドで貼り付けて修善してまたはいた。そういうことはつらくはなかった。日の当たらない四畳半や、電話がないこと（電話通信代を払う金がないこと)、エアコンのないこと、そんなふうなことはさしてつらくはない。

ぼくは多くの物質を望まないし、自分の好きな仕事をしているのだから、多少の不便はしかたない。

ただ、平凡にさびしかった。

週末にひとりで北の四畳半にいると、だれかと会いたいなあ、くらいには思う、平凡なさびしさ。

でも、北向きの四畳半じゃなく南向きの二十畳に住んでても、最新モデルの電話があっても、最新家電やかっこいい車を持ってても、ひとりで住んでる人間ならだれでも、これくらいは感じるんじゃないか?

そんなころにニコラに会った。

メグが紹介してくれた。メグは高校時代の同級生。エジプトに旅行した先からハガキをくれて、ひさしぶりに会うことになった。

ちょうど夏になりかけるころだった。プラタナスが緑に光っていた——。

緑の光の下で、歩道を歩いている人はみんなきれいに見えた。女の人も男の人も。

昼間の丸の内の歩道。ぼくの昼間にはいない人たちばかりが歩いてた。

男の人はシャリシャリ音がするような背広を着て、女の人はしゅるりんと音がするようなブラウスを着て、ブラウスが陽差しをはねてきらきら光り、その光におしろいを塗った顔も光る。光る女の人の横で男の人が笑っている。彼らのネクタイは整然としていて、ぴかぴかに磨きあげたビルのガラスや石床も整然としていて、みんなきれいに見えた。

「おひさしぶり。さ、どうぞ」

メグは、彼女の勤務先のソファを、ぼくに示した。

メグはエジプトで撮った写真を数枚見せてくれ、それからニコラの話をした。ニコラがいかにやさしくて、センスがよくて、こまやかな気づかいができる性質かを熱心に話す。

「ぜったい、いいって。コーリンにはぴったり」

ぼくに彼女を推薦する。まるでバスガイドさんだった。

「いきなりそんなふうに言われても、わからないよ。見たこともさわったこともないんだからさ」

「あっはっはっは。そりゃそうだ。ごめんごめん」

メグはとても幸せそうだ。結婚が近いせいだろうか。エジプトの風景のなかでいっしょにおさまっていた写真の男の人ともうすぐ結婚するらしい。

「高校のときから、コーリンは……」

メグはぼくに言う。

「コーリンは高校のときからマイペースだったもんね。今もマイペースな生活してるんだろうとは思うけど、ケータイも持ってないのは困るよ」

「持ちたくないわけじゃないんだよ。金がそんなにないからさ」

電話というのは通信代がおそろしくかかる。

「親に頼めば？」

「まったく女の子はこれだからな。地元で決まってた就職先を蹴《け》って東京に残ったんだ。自分の生活は自分でやっていくのが当然だろ」

「でもさあ、連絡しづらいと、仕事をするにも不便だよ。注文できないじゃない。今どき郵便で仕事の注文してくる人いないわよ」

「その点はメグの言うとおりだよ。だから苦しい家計をさらにきりつめて貯金した。ドカタもした」

「ふうん。いくらある？　手持ちで」

銀行の残高を訊《き》かれ、ぼくが答えるとメグは指をぱっちんと鳴らした。

「よかった。グッドタイミングよ。それならだいじょうぶ」

彼女に会ってゆけ。遠くからすがただけでも見てゆけ。メグはしきりにぼくをひきとめ、ぼくはメグに、文字どおり手をひっぱられてニコラに会い、会えば会ったで、またメグのバスガイドさんもどきの推薦を受けて、とうとう彼女とつきあうことになった――。

おとなしい子だった。さいしょはどうつきあったらいいのか、まるでわからなかった。メグみたいな子なら、高校のときから、たとえばぼくが数学のノートを写させてくれと頼んだりすると、

「だめ。だってわたしもやってないもん。問3まで、○○くんに写させてもらってくる。きみは問4から8までだれかに写させてもらってきて。そんであとで合体しようよ」

なんていうふうに、はっきり言う。自分の現在の状態はどうで、だから良いのか悪いのか、悪いなら良いようになるためにこうしたらどうかをぼくに、やかましいくらいに言ってくる。こういう子が苦手だっていう男も多かったけど、ぼくははっ

きりしてるのが好きだから、メグみたいな子はあつかいやすかった。

でもニコラはそういう子ではない。

ただし、はっきりしてない、っていうんじゃないんだ。自分を出すのがヘタなんだよ。とっつきにくいんだ。

「とっつきにくそうに見えるだけ」だってあとになってわかったけど、ちょっと見はとっつきにくい。

「こりゃあ、男が引くだろうなあ……」

ってぼくも思ったよ。

合コンパなんかでさ、ブスっていうんじゃなくて、それどころかルックスもかわいくて思慮深くて、おしとやかな子なのに、でも「なんか難しそう、このヒトって」って男が思ってしまう子っているじゃない？　あれさ。彼女が部屋に来たときも、ぼくはちょっと気づまりだった。呼びかけるのも、どうすればいいのかわからない。

だいたいメグのことだって、ほんとはメグと呼ぶの、ぼくはいやなんだよ。そういう愛称みたいなので呼ぶのはさ。

でもメグは、ねえコーリン、とか、やあタツヤン、とか、そんなふうに人のことを呼ぶやつだから、だから彼女のこともメグにならった呼び方をしてただけで、ふたりっきりの部屋にいると、ちょっと困った。けど、とっつきにくい子だからさ、そんな子にはあんまりこっちが照れてたりしないほうがいいかと思ってさ。とっつきにくくても、とにかく、つきあってみなきゃ、わかんないだろ。人なんて。

世間にはろくにつきあいもしないで「やっぱ合わない」とあっけなく別れる男女が多い。ろくに会話もせず、相手を知ろうとする試みもろくにせずにね。なにも男女のつきあいにかぎらないな。ビリヤードが流行《はやり》だからといってはビリヤードをして、サーフィンが流行だからといってはサーフィンをして、ろくにビリヤードのよさもサーフィンのよさも味わわないまま、「やっぱ合わない」で、やめてしまう。コイツが好きだと言ってダウンロードしてたくせに、アイツはすげえなと言ってライブ行ってたくせに、すぐに「もう古い。飽きた」だ。

薄い。

とぼくは思う。

そういうのは「氣」が薄いんだと。

「氣が薄いやつは大成しない」

そう思ってる。

どんなことでも、濃い氣で臨まないと。あぶらっこく挑まないと。それで合わなかったりダメだったら、それはしかたないけど、ろくなトライもせずに「やっぱ合わない」はないだろが。

つきあう女のことだって、最終的には「合わない」だったとしても、ほんのぺらっとしたかかわりだけで、薄い判断はしたくない。ぼくとニコラは濃いつきあいをしてた。ニコラがはじめて部屋に来た日の空の「桃色さ」を、ぼくはよくおぼえている。桃色さ、ってへんな言い方だけど、ぼくとしてはこれ、季語なんだ。

これから夏になろうとするころ、よく雨が降る。朝からずっと降ってる雨じゃなくて、四時ごろから五時ごろまで降るはげしい雨。窓ガラスをぶっ叩くような、トタン板をケンケン吠えさせるような雨。はげしい雨が降って、ぱたっとやむ。

外気が綿《わた》みたいにもわもわした感触になって、太陽が西の空で光る。まだ太陽は充分に空にある。五時でも明るい。これから夏になるんだ、と体感する。うれしくなる。うれしくなった空は、雲が太陽に照らされて桃色になっている。

その桃色は鮮やかではない。絵の具でいうなら、まずキャンバスに茶色を塗って、それをペインティング・ナイフで削って、黄ばんだようになったところへジンクムントホワイトをスポンジで塗りたくって、ひろがらせて、乾かしておいて、パレットの上で、ローズマダーとジンクムントホワイトと赤と黄色を混合する。これを、乾いたところに筆でのせるとできるような桃色。初夏の雨上がりの午後の空の色は、この「桃色さ」だ。

ニコラは雨が降りはじめる直前にぼくの部屋にやって来て、雨があがったときに、ぼくは彼女に、この空の色を一所懸命つたえた。

「夏ではない。これから夏になるとき。これから夏になるときの気分。その気分が、あの雲の桃色さのなかにある」

こんなふうなことを言いたかったのだが、まだぼくらはぎこちなくて、彼女にとつとつとしゃべっているうち、太陽は沈んでしまった。沈んでしまってから伝えたんでは、

「同時性」

というものが消滅していて、じょうずに伝わらなかった。

「自分の思いとことばが、同時性をなくすのは、ぜったいいやだ」

ぼくはニコラに言った。ぜったいいやなんだ、それは。ぼくの仕事は、ことばを選んで選んで選びぬいて、それを紡いで布にして、その布でできるだけ多くの人を

くるむことなんだから、思考と、形になったことばの、間が離れているのはぜったいいやなんだ。

ぼくはいらいらした。

いらいらするぼくのそばでニコラは、辛抱強くぼくの言うことを受けようとしてくれた。彼女は商業を勉強してたから、計算や実務的な作業は得意なのだが、文学や芸術には疎《うと》くて、彼女の両親も疎かったらしく、これまで接する機会のない生活をしていたらしい。

それでぼくは、まずゆっくりと話すことにした。なにごとも第一段階は、ゆっくり。互いになじみあうように。

「触覚の記憶、だけで、構成された、ものが、ときに、ある。事象ではなく、色と匂いと、空気の振動と、温度と湿気、といった感覚だけの、記憶というものが、身体の奥のほうに、沈んでいる。それが唐突に、表に出てくる、ことがある」

一語一語を確認して、ぼくを見つめるニコラ。ぼくも彼女を見つめる。見つめあって、たましいとたましいを向かい合わせることは、たいせつなことだ。たましいの交尾は何にも増して快楽だ。

ぼくとニコラは得意分野がまったくちがったにもかかわらず、見つめあうことで互いを理解していった。第一段階のとっつきにくささえクリアすれば、あとはもう氷上を滑るがごとく加速度がついて、ぼくらの間柄は深まっていった——。

ぼくらは愛し合うように仕組まれていたのではないかとさえ思う。ニコラの身体は、ぼくのためにできていた。ぼくのためにニコラの身体は敏感に反応した。ぼくの指にあわせて、ぼくを見つめながら。

寒い冬がきて、エアコンもない北の部屋でぼくがニコラにふれるとき、ぼくの指はかじかんで、ニコラの身体もかじかむ。ニコラは冷たくなったぼくの指をふるえながら舐め、舐められてぼくの指は温まり、温まった指でニコラを撫《な》でれば、彼女の吐《は》くことばで、ぼくの鼓膜《こまく》は興奮し、ぼくの指の動きは小気味よくスピードを高める。

うららかな春が来て、北の窓からでさえ線路沿いのタンポポが見えれば、ぼくの胸ははずみ、ニコラをいたわるように愛撫する。ニコラはやさしく応じて、「微笑」と書く。春のだらしなさにふさわしく、ぼくは「ほほえみ」と書き直し、それから二人で同時に「あたたかく笑う」にまた直し、抱き合う。

琥珀《こはく》の秋が来たころには、もうぼくにはニコラしか見えない。ニコラの身体はぼくの精神。ぼくの指はニコラの唇。ぼくらは互いを貪《むさぼ》り合う。長い夜のあいだじゅう、朝になってもぼくはニコラを、ニコラはぼくを離さない。彼女はぼくのために泣き、ぼくのために喜び、あえぐ。

ぼくらはずっとふたりだけで、呼吸を合わせて生きていた。

車が欲しいなどと思わなかった。高価な時計も服も靴も鞄も家具も。そんなもの、あってどうなるのか。

「ただ東南に向いた部屋に引っ越したい」

とだけ望んだ。

日当たりの悪い部屋では黴《かび》が生えたりする。これは健康によくない。

ぼくは長く住んだ四畳半を出た。そのころには仕事もなんとかうまくいっていて、前よりは金もあった。

グレイスコーポ５０１号室。きれいな新しい部屋に越すと同時に、ぼくはニコラと別れた。

メグにそそのかされたのだ。

今となってはこんな言い方、理由にならないことはよくわかる。本当にどうかしていた、あのときのぼくは。

酒のせいだったのだろうか。それとも疲れていたのだろうか。

どうかしていた。

そうとしか言いようがない。

「コーリンは絶対的支配者でいたいのね」

ぼくとニコラの関係を、メグはそう言った。

「ぼくらは一心同体だ、なんて言ってるけど、ちがうわ。あくまでもあなたが支配者の関係よ、それって。パートナーじゃないのよ」

そしてメグの夫君も、メグに対して支配を望むのだと言う。

「パートナーじゃないの。向こうがこっちを支配したいのよ。わたしが個性を持つことをいやがるの。そんな人だと結婚する前は思わなかったけど」

ビールをぐびぐびとメグは飲む。

「なんでもかんでもこっちの思いどおりになるような相手なんてつまらないじゃない？　そうでしょ？　プジョーとかミニクーパみたいにさ、しょっちゅうわがまま起こしてくれるほうが、乗り甲斐《がい》があるって感覚わかんない？　こう、腕がなるっていうかさあ」

彼女が言ったとき、ぼくはふと、

「そうかもね」

と答えたのだ。

なにが「そうかもね」だったのか、よくわからない。そそのかされた。魔がさしたのだ。その日、メグが連れてきた子を部屋に入れた。

ニコラは居場所がなくなって、出ていった。酔ってたし、追いかけなかった。

その子は、ニコラと反対で、とっつきやすい子だった。敷居が低いっていうかな。気軽に声をかけられるかんじの子だよ。男が誘ってぴしゃりと断られることがないってかんじの、とっつきやすさ。飲み友だちも多くてしょっちゅう飲み会の声がかかるような。

だからぼくも部屋に連れて来ちゃったんだろうけどね。

失敗だった。

つきあって一ヵ月もすればわかった。二ヵ月めには、ぼくは不能になった。

「肩のこらないとっつきやすそうな、さばさばしたかんじの女にかぎって、実はねっとりとしつこいんだぜ」

って、前にだれかから注意されたことがあったけど、そのとおりだった。

とにかく、しつこいんだよ。ちょっと気分転換に近所の本屋に入っても、時報を電話で聞いてみても、どこへ行ってたの、だれに電話してたのと、一事が万事この調子で。

でもまあ、ぼくはなにごとにも濃くかかわりあおうと思ってるんで、しつこいのはまだ「そのうち慣れる」と思えたんだ。

でも、不能になったのではどうしようもないだろ。

ダメなんだよ。

彼女の身体が。

とっつきやすい彼女の身体は、ぼくの脳を刺激せず、したがって指が動かなくなる。

その子と初夏の空を見る。その子にも、あの「桃色さ」を伝える。

「百年前にも生きていて、見たことがあるような初夏の雨上がりの空」

だと。すると、その子は応えるんだ。

「AMEAGARI　NO　SORA」

と。いちいちA、M、E、A、G、A、R、I、と。

ちがう！

雨上がりの空と、ＡＭＥＡＧＡＲＩ　ＮＯ　ＳＡＲＡはぜんっぜんっちがう！

雨上がりと脳が思うとき、同時に瞼《まぶた》の裏には色が浮かんでる。その同時性のリズムで指は動かないとだめじゃないか。

「ちがう。雨上がりの空、だよ」

日本語で伝えるには、ものすごく指を大きく動かさないとならないから、時間がかかる。思いとことばの同時性がまたたくうちに消失だ。

ニコラなら、ぼくの思いを、即座にことばにした。

「百年前にも生きていて見たような」

と、ぼくの心に映れば、映ったと同時にニコラはぼくの指を舐《な》め、

「なつかしい空」

と、文字にした。

脳から電波のようなものが出ているとしたら、ぼくのそれとニコラのそれの周波数はまったく同じだった。たぶん、ぼくだけじゃない。日本人が日本語を考えるように、ニコラの配列はなされているのだ。

この重大な事実を、ぼくは他社のパソコンを買ってはじめて気づいた。

まったく電器店店員のメグにそそのかされたとしかいいようがない。

ニコラは親指シフトキーボードとも呼ばれる。親指を使ってキーを切り換えることで、キーを3列にしたボード。日本人のための日本語を書くキーボード、それがニコラ。日本語が泉のように湧きあがるオアシス。

小説を書くことを生業《なりわい》としているぼくの脳は、完全にニコラに犯されていた。ニコラのキーボードでないかぎり、自分は小説を書けなくなっていることに、愚かなことだが、あとで気づいた。

OROKANA KOTODAGA ATODE KIZUITA などと、アルファベットで入力するのはとっつきやすい。英文タイプ一級のぼくにはとくに。キーの位置はニコラと会うより前から指が暗記していた。だが、アルファベットで日本語を入力するのは、母国語への暴力だ。日本語の美しいリズムが、語感のひびきが、みなだいなしになってしまう。母国語の危機だ。

「ニコラ、ニコラ。帰ってきておくれ」

ぼくはローマ字入力キーボードの前で乞《こ》い、後悔の涙を流す。

ティータイム

# おやゆび姫

図書館や禁煙喫茶など、最近は外で原稿を書くこともある。

以前は「ひとりきり＋シーン＋夜」が、原稿書きの最適環境であった。針を落としても聞こえるくらいシーンとしている夜など、原稿がよく進んだものである。若かったからエネルギーが体内にみなぎっていて、これくらいの環境がちょうどいい「引き算」をしてくれたのだろう。

今は初老になったので「元気そうな人が視界にちらちら入ったり、活動している気配を感じる＋明るく晴れている昼間＋あるていど静か」が、原稿書きの最適環境に変わった。

厳密にでなくとも、だいたいこの環境が整っていればよい。

ただ、やかましいのだけは困る。なにも針の落ちた音まで聞こえるくらいシーンとしていなくともいいのだ。赤ん坊が泣いても、犬が吠えても、集団がわあわあ騒いでいても、周囲に拡散してしまう音ならそれでよい。

しかし、まれに、妙にカンにさわる声や音がある。それは人によってちがうだろう。私の場合は、タレントの柳○慎吾とアナウンサー大○○里の声、エレクトーンと縦笛（小学生が使うリコーダー）が、苦手な音のタイプである。

そんな私が、ファーストキッチンで仕事をしていたら、隣の席の人もモバイルPCで、熱心に書き物をなさっている。カチャカチャカチャカチャカチャカチャカチャカチャカチャと、こまねずみのようにキーを叩いていらっしゃる。汗水たらして入力しているといった様子である。キーを叩くスピードが速いのと強いのとで、音がすさまじい。周囲の人が眉を顰《ひそ》め気味である。

その方はいっこうにかまわず……というより、キーを叩くのに必死で、周囲の空気はお読みになれない。エンターキーを押すときなど、もう「キエーッ！」という勢いで、ものすごく強くお叩きなさるため、ものすごい音がする。

私も気になって、自分のPCから顔をはなし、身体の角度を変えて、隣の人のPC画面をチラ見した。

えっ!

びっくりしたよ。あんなにカチャカチャカチャカチャカチャカチャカチャカチャカチャカチャカチャカチャ叩いて、たったこれだけの文字量!?

あー、いやだいやだ、ローマ字入力はうるさいくせにこれだからいやだよ。

さ、紅茶でも飲んで、静かに私は親指シフトで書きますわ。…………。

見なさい、私が使っている親指シフトのモバイルPCはバッテリー8時間持ちで、とっても静か。速くて優雅な親指シフトは日本語を書くための機械です。

# 秘密とアッコとおそ松くん

加賀美《かがみ》先生は日直簿を閉じると、あーあと伸びをしました。

ペンをふき、インク瓶の蓋をしめ、スカートのしわをぱんぱんとはたきます。

だるまストーブの上にかけたやかん。さあ、白湯《さゆ》を一杯いただくことにいたしましょう。

だれもいない職員室。窓ガラスがぎしぎし、ぴしぴし。

おや、しのびこんでくる北風には、松脂《まつやに》に似た匂いがわずかに混じってる。春がそこまで来ている証《あかし》。

今はまだ寒いけれど、冬まっただなかの空気なら、もっと埃《ほこり》の匂いに似ているもの。

ふうふう白湯すすり、加賀美先生は思います。

真っ赤な夕焼けでありました。

山ぎわを柿色に照らすシッポナ山。飛んでゆく烏《からす》。

ここらあたりは、シッポナ山にぐるりと囲まれた小さな村なのです。

「もう、そろそろね」

加賀美先生は懐中時計をたしかめました。この分教場に赴任するにあたり買った、コンパクトのように蓋の裏に鏡の嵌《は》め込まれた、先生お気に入りの懐中時計。針は四時ぴったり。

時計台の鐘よりちょっぴり早めに懐中時計を合わせておくのが、先生の癖です。

はたして、その音は、先生が湯飲み茶碗を洗い終わると鳴りました。

キンコンカンコン。

三角屋根の時計台。校庭にくっきりとおちたその影。じっさいには正三角形の屋根の影は、二等辺三角形になっている。真っ黒な二等辺三角形。柿色の地面。

先生が影を見ておりますと、ぐぐぐぐ、と三角が尖《とが》ったような気がしました。

「あれ？」

窓ガラスに顔を寄せ、もういちど見ますと、ぐぐぐぐ、とさらに尖ったような気がしました。

そして、尖った三角のてっぺんで、なにかが、ひらり、と動きました。

「え？」

先生はもっと窓ガラスに顔をくっつけ、影を見ました。

影は動きません。

「きっと見間違えたのだわ」

そういうことにいたしましょう。すべてものごとには、あまり首つっこまぬほうが身のため。

「さて、四時だから、おじさんに声をかけておかなくては」

職員室を出て、廊下のつきあたりにある用務員室の戸をたたきます。

「おじさん。加賀美です」

返事はありません。

「おじさん、いらっしゃらないの？」

返事はやはりありません。

「開けますよ」

がらり。

北向きのこの部屋には、いつもカーテンがしてあるのでなかは薄暗い。夕焼け空になれていた目にはまるで見えません。

「おじさん」

いまいちど声をかけたとき。

ひゃっ。

なにかが首すじを、さっとかすった。毛羽立ったもの。匂いがした。古い酢のような匂い。

先生は驚いてうしろに飛びのきました。

暗い部屋で、光っている。ほおずきほどの大きさの玉。二個の玉。ぎらり。

「加賀美先生かね」

光っているのは、おじさんの目でした。

この分教場のおじさんは猫なので、暗いところにいると目が光るのです。

なぜ猫が用務員をしているのかと、分教場赴任当初、加賀美先生はとまどったものですが、十カ月たった今ではすこし慣れました。しゃべれるから採用されたのだろうと。

五十年生きた猫は、にゃろめ、といって特別な猫になるということらしいのです。

「おじさん、いらしたんですか。びっくりしましたわ」

「びっくりしたのはこっちだよ。急に戸を開けたから、イタチがなたね油を盗みにきたのかと思った」

「わたくし、ちゃんと声をかけましたのに」

「そうかね。耳が遠くなったかの。六十年も生きてるとの」

にゃろめ猫は、ギラギラした目で加賀美先生を見ます。

「あんたみたいに、若くはないからの」

唇や首や、乳房のあたりや、胴のくびれたところから、くるりと先生の背後にまわって臀《しり》や足や、またくるりと前にもどって、腿《もも》や、腿の付け根を、なでまわすようにじろじろ見るのです。

この猫はひごろから、加賀美先生に、花束や、自分の尻尾《しっぽ》を墨につけて毛筆もどきで書いた手紙をよこしてきたりするのでした。

「それで、用事はなんだね」

「四時になりましたから、そろそろ帰ります。火の始末や戸締り点検をお願いしますね」

「ははあ。それはそれは。ごくろうさま」

しゃべる猫は加賀美先生の足元にごろごろすりよって、ぎらきらした目を上目遣いにして、スカートの裾の奥をうかがうような気配。

「じゃ、失礼いたします」

さっと身をかわす加賀美先生。

「ふむ。こんな山火事のような夕焼けの日は、シッポナ山から下りてくる小僧に気をつけんとな」

つれなくされた腹いせでしょうか、猫は先生を脅《おど》しました。この村には、燃えるような夕焼けの日には、シッポナ山から子供の妖怪が下りてくる、という伝説があります。

むかしむかし、親にひどい折檻《せっかん》を受けた子供がいて、ぶたれた額《ひたい》が腫れあがって死んでしまった、それが妖怪になって、血のように赤い夕焼けの日には、恨みごとを言うために山から下りてくる、という伝説です。恨みのでこっぱち小僧の伝説。

「先生のような別嬪《べっぴん》が、でこっぱち小僧は大好きだでに、のろのろ自転車漕《こ》いどると、うしろから飛びかかって来よるぞ」

いひひひと、しゃべる猫は古い酢のような臭い息を吐《は》いて笑います。

「いやだ、おどかさないでください」

「へ、へ。せいぜい気をつけてな」

「さ、さようなら」

加賀美先生は、外套《がいとう》の襟を立てて自転車を漕ぎました。先生の住まいは分教場から自転車で十分ほどの一軒家です。町の教育委員が手配してくれました。

もとは村の分限者《ぶげんしゃ》が写経するためだけに建てた小さい御堂だったのを改築したものので、けっこうな普請《ふしん》ではありましたが、田んぼと田んぼのあいだを縫うだけのさびしいさびしい小迪《こみち》をゆかねばなりません。夕日はますます燃えて、柿色の空はますます熟し、めらめら音がしそうです。

ぴーぷうー、ぴーぷうー。

風が加賀美先生の耳を切ります。

だっかだっかだっかだっか。

自転車のタイヤが、小迪の石をはじきます。

「せんせーい」

風に乗って呼び声が。

「えっ？」

うしろをふりかえる。でも人影はなし。

前に向き直って、また自転車を漕ぐ。だっかだっかだっかだっか。小石をはじくタイヤ。

「せんせーい。かがみせんせーい」

また呼び声。うしろをふりかえる。だれもいない。

こんな日はシッポナ山からでこっぱち小僧が恨みごとを……。

かぶりふって自転車漕ぐ先生。けんめいにペダル踏む。だっかだっかだっか。

がさ。

茂みがゆれた。

「わっ」

ペダルを踏み外した。

ハンドルがあらぬ方向へ。穴ぼこ。すてん。先生ころんだ。

「こりゃあ、加賀美先生。だいじょうぶですか。悪かったな。わしが驚かしてしまったんかな。ちょっとこの茂みでうたたねしてしまっていたんだがな」

先生を抱きかかえて起こしたのは、件の御堂を建てた村一番の分限者でした。

そんな分限者がなぜ田んぼの畦道《あぜみち》の茂みなどでうたたねをしているかといえば、
分限者は狸《たぬき》だからです。

分教場に赴任した当初は、村の分限者が狸であることに、加賀美先生はとまどったものですが、今では少し慣れました。金さえあれば権力を握れるのだと。

五十年以上生きた狸は、心の母守《ボス》、といって特別な狸になるというらしいのです。分限者の狸は、身体も大きく、ソフト帽をかぶり、仕立てのよいダブルのスーツを着ています。

けれどもスーツのズボンからいつもむっくりとした尻尾を出しているので、うら若い娘さんである加賀美先生はそれがいやです。ただの尻尾ならただの尻尾にしか見ないのに、ズボンからむっくりとはみ出しているといやらしいからです。

「さ、さ。わしにつかまって。歩けますかな？　けがはないですかな？」

毛深い腕で先生の臀や足をさする狸。

「だいじょうぶですわ。けがはありません」

狸の腕をよけるようにして先生は立ち上がりました。

「けががないなら、なによりでした。よかった、よかった。それでは気をつけて。こんな夕焼けの日は額の腫れた小僧が山から下りてくるといいますから」

「いやだ、またそんな迷信を……」

「いや。わたしは一度、小僧をほんとうに見たことがある。折檻されたあの顔。腫れあがった額と、それに目元の黒い痕《きず》。あれはたばこを押しつけられたんだ。むごたらしいものだった」

おお、こわと、ぶるるとふるえる狸の息は、狸だからなまぐさい。

「あれはこの世の男のよろこびも知らぬまま、小僧のうちに折檻死したわけだから、恨みごとは若い女に訴えに来るという。先生のような……」

狸はズボンからはみだした尻尾をゆすぶり、湿った視線を浴びせます。

「し、失礼しますわ」

狸に背を向け、先生は自転車に。

だっかだっかだっか。

早く家に帰りましょう。日が沈む前に。

「せんせーい」

給水小屋の角をまがってしばらく行ったとき。また呼び声が。

ふりかえる。でも、だれもいない。でも、たしかに聞こえた。

「ちがうわ。空耳じゃないわ」

では、だれの声？　それは考えぬこと。なにごとも深くかかわらぬよう。それが幸せの秘訣なのだから。

田んぼの小迪はひとり迪。

ぴーぷう、ぴーぷう。北っ風。

小石もこごえる夕まぐれ。だっかだっかだっかだっか。

と、そのとき。

加賀美先生ははたと息をのみました。目の前には、三角屋根の時計台。ここは分教場ではないですか。

「いやだ。どうして？」

自転車をおりて両手で口をおさえました。さっきここを出て、家に帰ろうと自転車を漕いでいたのに、また分教場にもどっているのは、いったいどうしたことでしょう。

「どうして……？」

しばらく呆然としておりましたが、しかたありません。また自転車を漕いで家路を急ぐことにいたしました。

ぴーぷうー、ぴーぷう。

だっかだっかだっか。

「せんせーい」

風にのって呼び声がまた聞こえましたが、もうふりかえりはいたしません。

「かがみせんせーい」

聞きたくない。

耳をふさぎたい。でも自転車のハンドルをにぎっていては、そういうわけにもまいりません。

がさ。

さっき、分限者の狸に会った茂みからなにかが出てきました。

「あぶない」

今度はころびませんよ。ききーっとブレーキふんで、先生は自転車をとめました。

「おや、加賀美先生。すまんこった。驚かせてしまったかな。ちょっと茂みで考え事をしていたものでね」

たばこ屋の主人でした。

「茂みのなかにうずくまって考え事をしているとおちつくんだよ」

なぜ考え事をするのに茂みのなかにうずくまるのかというと、たばこ屋の主人は毛虫だからです。

分教場に赴任した当初は、毛虫がたばこ屋を営んでいることに加賀美先生はとまどったものですが、今ではすこし慣れました。

羽化することなく五十年以上生きた毛虫は、けむんぱす、といって特別の毛虫であるらしいのです。

たばこ屋の毛虫は読書家で、いつだったか先生にカフカを貸してくれたこともあります。ただ、インテリ特有のいつも他人をにやにや見下《みくだ》した目つきが、かえって彼をうらがなしい存在にしてしまっていることを、インテリ特有に無自覚でした。

「黄昏《たそがれ》の茂みには、予期せぬ真実の発見があるものだよ、たとえばね……」

「そうですね、じゃ、ごゆっくり」

毛虫の話を聞いていると日が暮れてしまうと思った先生は、さっさと自転車を漕ぎ直しました。

「気をつけてなあ。こんな夕焼けの日には、シッポナ山からでこっぱち小僧が下りてくる。折檻されたあいつが――」

うしろから毛虫の声。

気をつけてなあ。都会の女が好きだからあ。だんだん小さくなってゆく毛虫の声。

「ほんとに、みんな、でこっぱちのことばかり。閉鎖的な村はこれだからいやだわ」

自転車のハンドルぎゅっとにぎりしめ、今度こそ帰りましょう。火鉢の火おこし、冷たくなった手あたためましょう。だつかだつかだつか。

けれども。

またです。また分教場にもどってきてしまったのです。

「そんな……。どうして？」

夕日はいましも沈むところ。あたりはどんより薄暗い。暗いなかで前にする分教場は、大きな黒いマントのようで、包み込まれたら溭《さら》われてしまいそう。

「……」

時計台を見上げれば、ひらり、となにかが動いたような。でも暗くてよくはわかりません。

もしかしたら、用務員さんかもしれません。時計の調整に行ったのかも。正面玄関は開いているようです。

「加賀美ですが、おじさん、います？」

大きな声を出してみました。

すると、がたがたと物音がしました。二階のほうです。

分教場には教室は五つしかありません。一階に、職員室・低学年教室・音楽室。二階に、作業室・中学年教室・高学年教室。

教室といっても、それぞれの学年は一クラス十人かそこらの小さいものなのです。

先生は音がした二階へ向かいました。

電灯はありません。かろうじて残る太陽の柿色の光をたよりに階段をのぼります。がたがた。がたがた。音はしだいに大きくなります。

「ここね」

高学年教室の戸を開けました。すると。

「起立」

いっせいに立ち上がる生徒たち。

日曜のこんな黄昏に、なぜ生徒が。

ほとんど夕日の沈んでしまった今、電灯のない教室には窓辺だけにごくごくかすかな光。

「先生、起立してるよ。早く教壇に立っておくれよ」

生徒のひとりが言いました。

「そうだよ、早く、早く」

ほかの生徒も言いました。

「……そうね」

幸せになるためには、ものごとはすべて深くは考えぬこと。

分教場に赴任する前から、先生はそう思っておりました。

ここは小さな村だもの。田んぼの手伝いをして昼間は学校を休みがちな生徒のために、日曜に補習クラスがあったとて、すこしもおかしなことでなし。妙な事態を正当化するように、こちらも妙に考えるのが、その場を流すコツ……。

「では、礼」

先生が言えば、生徒は薄暗い教室で辞儀をして、

「着席」

がたがたと音たてててすわる。

「出席をとります」

教卓にはちゃんと出席簿があるのだもの。深く考えることもなし。

それより問題は暗くて見えないこと。ランプをつけるといたしましょう。この教室で授業したことも、もうなんどもあったのだから、置いてある場所だっておぼえてる。教卓のうしろ、黒板の右横の戸棚。ほら、あった。マッチといっしょに置いてある。

しゅっ。

ランプに灯《ひ》がともりました。

浮かび上がる生徒の顔。顔、顔、顔、顔……。全員、まったく同じ顔。

ひとり、ふたり、三人、四人、五人、六人。六人全員、同じ顔。

たじろぐこともあるまいて、ここはさびしい村だもの。どうしたって村中が親戚になるではないか、ならば子の顔がそっくりになったとて、すこしもおかしなことでなし。

「では、出席を。おそ松くん」

「はい」

「チョロ松くん」

「はい」

「ジュウシ松くん」

「はい」

「アカ松くん」

「はい」

「トド松くん」

「はい」

「イチ松くん」

「はい」

「カラ松くん」

「はい」

「よろしい。欠席者はなしですね」

先生はほほえみました。

でも、六人の生徒はほほえみを返してはくれません。

「先生、ぼくらは六人しかいないよ」

「ええ。全員、出席でしょう？」

「ぼくらは六人しかいないんだってば」

「ええ」

「それなのに、どうして七人が返事をしたの？」

「七人？」

先生はもういちど出席をとりなおしました。たしかに七人が「はい」と言います。

「きっと、でこっぱち小僧が教室のなかにいるんだ。きっとそうだ」

「そうだ。今日みたいな夕焼けの日には、かならずシッポナ山から恨みごとを言いに下りてくる」

「でこっぱち小僧に祟《たた》られるぞ、どうしよう」

「恨まれて、背中にはりつかれるぞ、どうしよう」

こわいよ、こわいよ、どうしよう。生徒たちは同じ顔で、ぶるぶるふるえます。

「いいかげんにして」

ばん。

先生は教卓をたたきました。

そして、お気に入りの懐中時計をとりだすと、そのきれいな蓋《ふた》をぱちんと開けました。

「みんな、見なさい」

蓋の裏に嵌《は》め込まれた鏡。それを生徒たちの顔に向けます。ひとりずつ。

鏡にはだれも映りません。

「ほうら、みんな映らないでしょう。みんなに顔なんかないからよ」

鏡を、自分に向ける先生。先生の顔も鏡には映りません。

「小僧がこわい、ですって？」

先生の声は教室にゆっくりと振動します。

「ふふふ……。幽霊が幽霊をこわがってどうなるというの」

湿って振動してゆきます。

「七人が返事をしたわけはね……。おそ松、チョロ松、ジュウシ松、アカ松、カラ松、トド松、イチ松のなかにひとつだけ、まちがった名前があるからよ。さあ、まちがいをさがしなさい。それが今日の授業です」

加賀美アッコ先生は、問題を出すとテクマクマヤコンと咳《せき》をしました。

# あとがき

姫野《ひめの》カオルコ

本書は「文庫オリジナル」です。

「原稿↓雑誌・新聞掲載↓単行本↓文庫」という流れが、戦後の日本文芸出版の慣例です。「雑誌・新聞掲載」をとばすと「書下ろし」、「単行本」をとばすと「文庫オリジナル」です。

本書は短編集です。

代表して巻頭の『部長と池袋』を総タイトルとしました。

収録作の初出は、『巨乳と男』、『夏と子供』の「小3の水洗便所」、『ゴルフと整形』、『書評と忸怩《じくじ》』が文芸誌掲載、『池袋と白い空』が新聞に四週間連載ですが、本書刊行にあたりすべて改稿しました。『部長と池袋』、『慕情と香港と代々木』、『青春と街』の「18歳の山科」「19歳の新宿」「21歳の渋谷」「33歳の金沢文庫《かなざわぶんこ》」「11歳のハワイ、46歳のハワイ」、『夏と子供』の「琵琶湖《びわこ》の風呂敷」は、2000年代はじめに婦人雑誌に寄せたごく短い形のものを、すべて改稿しました。なかにはもはや原型をとどめていないものもあります。

『青春と街』の「25歳の六本木」、『秘密とアッコとおそ松くん』は未発表作です。【ティータイム／おやゆび姫】も未発表です。

よって本書は「書下ろしに近い文庫オリジナル」と言ってもよいのではないかと思います。二冊分を、ＰＡＲＴⅠとＰＡＲＴⅡの二部構成にして、一冊にまとめました。二冊分を一冊分の価格で買えます。

ＰＡＲＴⅠ＝旅情をモチーフにしたもの。狭い意味の紀行文ではなく、ある光景の中の思い出とでもいえばいいか、広い意味での旅情です。

ＰＡＲＴⅡ＝アイロニカル（ironical）なものやパロディ。

Ⅰ部は心理小説で、Ⅱ部は筋《すじ》小説。心理小説、筋小説というのは、筆者の造語です。本書に限らず、拙著に限らず、心情や考えや思想をメインに綴《つづ》ったものを心理小説。ストーリーをメインに綴ったものを筋小説と呼んでいます。

Ⅰ部、Ⅱ部ともに【ティータイム】が入っています。【ティータイム】はエッセイです。「まあちょっとここでお茶でも」といったくらいの休憩《きゅうけい》のページです。

さて、よけいなお世話かもしれませんが……。

Ⅰ部とⅡ部を続けて読むと、あるいは、Ⅰ部のどれかを読んで、すぐ次にⅡ部のどれかを読んだりすると、なんと申しましょうか、「キモチ的に落ち着かない」ことになるおそれがあります。

もっとも「短編集の場合は、一話読んだら、次に読むのは一カ月後、その次は二週間後。一篇、一篇をぽつりぽつりと読んでいって一年半くらいかけて読了する」というタイプの方ですと、右記の心配は無用ですが……。

私自身もスローリーダー（速読の反対。一冊の本をゆっくり読む）なので、連作ではない、一般的な短編集だったりすると、しかもそれが文庫だったりすると、ずっと常用の鞄やポケットに入れっぱなしにしておいて、車内で一篇、広々とした心地のよい無料休憩スペースで一篇、電車の乗り継ぎに時間があるときにホームで一篇、etc. といったふうに読みます。ですから、読んでゆく順番については、あまり気にしないでいました。

しかし、担当編集者である光文社文芸局の貴島さんと萩原さんから、収録作品の読後感や筆致が大きく異なることを指摘されて、ＰＡＲＴⅠとＰＡＲＴⅡという二部構成の編纂《へんさん》にしていただきました。

ですので、速読タイプの方におかれましては、ⅠとⅡを連続したり、混ぜて読まれないほうがよいのではないかと心配する次第です。

文庫はスマホの通信費より廉価で、短編集は「ちょっとずつ読み」ができます。文庫オリジナルの機会にご購入していただけましたら嬉しく存じます。ご購入ののちに、このページを読んで下さっている方には、心より御礼申し上げます。本当にありがとうございました。

光文社文庫

文庫オリジナル

部《ぶ》長《ちょう》と池《いけ》袋《ぶくろ》

著　者　姫《ひめ》野《の》カオルコ

2015年1月20日　初版1刷発行

発行者　鈴木広和
印　刷　萩原印刷
製　本　フォーネット社

発行所　株式会社　光文社
〒112-8011　東京都文京区音羽1-16-6
電話 (03)5395-8149　編集部
8116　書籍販売部
8125　業務部


ISBN978-4-334-76853-9　Printed in Japan



組版　萩原印刷

**お願い**　光文社文庫をお読みになって、いかがでございましたか。「読後の感想」を編集部あてに、ぜひお送りください。
　このほか光文社文庫では、どんな本をお読みになりましたか。これから、どういう本をご希望ですか。どの本も、誤植がないようつとめていますが、もしお気づきの点がございましたら、お教えください。ご職業、ご年齢などもお書きそえいただければ幸いです。当社の規定により本来の目的以外に使用せず、大切に扱わせていただきます。

光文社文庫編集部